권석균의 여행읽기

파리와 스위스

권석균의 여행읽기
파리와 스위스

초판 1쇄 발행 2024년 1월 23일   지은이. 권석균
                                              펴낸이. 김태영

씽크스마트 책 짓는 집   홈페이지. www.tsbook.co.kr
경기도 고양시 덕양구 청초로66   블로그. blog.naver.com/ts0651
덕은리버워크 지식산업센터 B-1403호   페이스북. @official.thinksmart
전화. 02-323-5609   인스타그램. @thinksmart.official
                                           이메일. thinksmart@kakao.com

ISBN 978-89-6529-395-8 (03810)
© 2024 권석균

•씽크스마트 - 더 큰 생각으로 통하는 길
'더 큰 생각으로 통하는 길' 위에서 삶의 지혜를 모아 '인문교양, 자기계발, 자녀교육, 어린이 교양·학습, 정치사회, 취미생활' 등 다양한 분야의 도서를 출간합니다. 바람직한 교육관을 세우고 나다움의 힘을 기르며, 세상에서 소외된 부분을 바라봅니다. 첫 원고부터 책의 완성까지 늘 시대를 읽는 기획으로 책을 만들어, 넓고 깊은 생각으로 세상을 살아갈 수 있는 힘을 드리고자 합니다.

•도서출판 큐 - 더 쓸모 있는 책을 만나다
도서출판 큐는 울퉁불퉁한 현실에서 만나는 다양한 질문과 고민에 답하고자 만든 실용교양 임프린트입니다. 새로운 작가와 독자를 개척하며, 변화하는 세상 속에서 책의 쓸모를 키워갑니다. 흥겹게 춤추듯 시대의 변화에 맞는 '더 쓸모 있는 책'을 만들겠습니다.

•천개의마을학교 - 대안적 삶과 교육을 지향하는 마을학교
당신은 지금 무엇을 배우고 싶나요? 살면서 나누고 배우고 익히는 취향과 경험을 팝니다. 〈천개의마을학교〉에서는 누구에게나 학습과 출판의 기회가 있습니다. 배운 것을 나누며 만들어진 결과물을 책으로 엮어 세상에 내놓습니다.

자신만의 생각이나 이야기를 펼치고 싶은 당신.
책으로 사람들에게 전하고 싶은 아이디어나 원고를 메일(thinksmart@kakao.com)로 보내주세요.
씽크스마트는 당신의 소중한 원고를 기다리고 있습니다.

권석균의 여행읽기
파리와 스위스

권석균 지음

비우고 채우는 여행

씽크스마트

프롤로그

본 저자는 경영학자이다. 이번에 첫 여행 에세이를 출간하게 되었다. 독자들께서 이 책이 읽어볼 만한 책인지 아닌지를 판단할 수 있도록 이 책의 특성과 기술방식을 설명할 필요가 있다. 여행작가가 아니고 딱딱한 학술논문과 전문서적, 대학교재 등을 쓰는 사람이기 때문이다.

첫째, 저널 형식으로 쓴 여행 에세이라는 점이다. 우선 매일 매일 쓴 글이다. 자연히 여행의 순간을 생생하게 현재형으로 기술하고 있다. 그리고 일기 쓸 때의 말투가 있다. 자신에게 말하는 독백 형식으로 저자의 진솔한 얘기와 생각들이 책 전편에 걸쳐있다. 여행 전에 저자는 지쳐있고 힘든 상태였다. 원치 않았던 사건들로 인하여 고통과 슬픔이 있었다. 그리고 이 저널 쓰기를 통해 저자는 조금씩 단단해졌다. 저널을 통한 치유의 자연스러운 과정이 이 책에 담겨있다. 여행의 힘이기도 하다.

둘째, 많은 매력적인 여행지에 대한 '기록과 체험'이 쓰여있다. 그러니 풍부하고 깊이가 있는 여행 정보가 있다고 말할 수 있다. 파리 14일간의 곳곳의 여행지 탐방, 스위스 9개 도시와 산악의 경험, 프랑스 전역의 28개 도시의 역사 문화 체험과 도시 간 이동의 스토리, 그리고 아이슬란드를 완주하며 거친 도시와 광야들에 대한 사실적 기록과 체험적 감상 등이 이 책에 담겨있다. 놀라움의 여행지들이 가득하다. 여행을 좋아하는 저자가 그간 수많은 세계 여행지를 다녔으나, 이번 여행지만큼 놀라운 경험은 처음이었다. 독자들에게 적극적으로 권유하고 싶은 여행지들이다.

셋째, 퇴임 후 여행기다. 저자는 30년간의 교수 생활을 마치고 지난 2월 말에 퇴임했다. 아직 학생들을 가르치기는 하지만, 전임교수가 아닌 명예교수로서 강의하고 있다. 하지만 학자로서의 퇴임은 아니다. 앞으로도 계속 학문적 저작을 할 것이며, 여행도 계속할 것이다. 인생이 계속되듯이 말이다. 내 나름의 다양한 경험의 인생을 살아오면서 배우고 깨달은 것을 통해 여행을 새롭게 보는 시선을 갖게 되었다. 이 시선으로 여행을 바라보며, 그 느낌을 기록하였다.

넷째, 이 여행은 이동(移動)의 시간 기록이다. 파리 체류 기간을 빼고는 거의 매일 이동하면서 새로운 여행지를 찾아다닌 59일간의 여정이었다. 여행의 참맛은 노마드 라이프(nomad life)에 있다. 고된 몸을 이끌고 새로움을 향한 전진이 여행자를 건강하게 한다. 이 여행의 59일간에 총 78만2천2백사십칠 걸음을, 하루 평균으로는 13258.4 걸음을 걸었다. 이동 거리로는 스위스 기차여행을 제외하고, 프랑스와 아이슬란드의 자동차여행으로만 6,200㎞ 정도를 이동했다. 이러한 '이동의 스토리'가 여행 에세이의 중요한 부분을 차지한다. 이동의 경험이 어떠냐에 따라 여행의 깊이가 달라진다. 여행을 포인트로 찍는 '점의 여행'이 아닌 직접 이동하며 새 여행지를 찾아가는 '선의 여행'이 진짜 여행이라는 게 본 저자의 신념이기도 하다.

매일 강행군을 해가면서 저널을 쓰는 건 힘든 일이었다. 그래도 새벽에 깨어나 지난 하루를 기록하는 게 즐거웠다. 비스듬히 누워서 핸드폰 메모장에 저널을 쓰고 있노라면 지난 하루가 생생하게 되살아났다. 잠 부족으로 에너지가 떨어질 만했으나 이 특이한 경험이 에너지가 되어 내 정신을 더 맑게 깨어있게 해주었다. 이로써 여행이 더 깊어지고 풍부해졌다.

여행은 오감을 자극한다. 여행은 깨어있고 열려있는 시간과 공간이다. 내가 보고 싶은 것만 보는 게 아니다. 물론 모두가 보는 것만 따라가며 보는 것은 더더욱 아니다. 예기치 못한, 생각지 못한, 그리고 생각해낼 수 없었던 것들을 만나는 시간이다. 그리고 이를 통해 나의 과거를 찾아내는 것이기도 하다. 여행은 과거와 현재와 미래를 떠돌아다니며 나를 찾는 것이다. 여행은 어디든 돌아다니며 내 삶의 공간을 재구성하는 것이다.

이 여행을 통해 나는 지금에 있다.

여행하는 마음을 가지고 여행지를 떠올리면서 읽어보기를 독자들께 권한다. 여행을 찾고자 하는 독자들과 이 책을 통해 교감할 수 있기를 기대해본다.(본 여행을 시작하게 된 개인적 동기는 에필로그에서 여행 후 변한 내 모습과 함께 기술했다.)

저자 씀

목
차

제1편 파리와 스위스

[1부] 파리를 걷다

[2부] 스위스의 자연을 만나다

파리와 스위스

1부. 파리를 걷다

파리를 이번 여행의 허브로 정했다. 파리 자체의 매력으로 파리 여행이 주요 일정의 하나이지만, 프랑스와 유럽을 여행하는 데 거점으로 적합한 도시이기 때문이다. 파리는 세련됨으로 표현되는 문화를 갖고 있다. 미술, 음악, 건축, 패션, 와인 등에서 모든 지역을 대표한다. 유구한 프랑스의 역사와 유럽의 역사가 파리에 남아있다. 이번 여행에서 파리를 더 깊이 볼 수 있기를 기대하고 있다.

1

저녁

여행의 시작,
에펠탑의 석양을 보며 다짐하다
(6월 27일)

성적처리를 마치고 지난 며칠간 여행 준비만 했다. 장기간 여행하는 거라서 준비할 것이 많다. 빠진 게 있으면 그만큼 더 여행이 힘들어진다.

이번 여행의 목적은 비우고 채우는 것이다. 일상으로부터의 자유로움을 찾는 것이다. 스스로 마음을 다졌다.

여행의 시작

1시간 취침 후 일어나 샤워했다. 밤새 여행 짐을 싸느라 새벽에야 잠깐 눈을 붙였다. 몸이 무겁다. 샤워로 잠을 깨고 마지막 짐정리를 하고 집안 상태를 확인했다. 두 달간 비워둘 집이 벌써 횅하다.

두 달 여행의 엄청난 짐을 꾸리고 도심공항터미널로 갔다. 새벽이라서 사람이 많지 않다. 인천공항 제2터미널에 6시30분에 도착했다. 시간 여유가 있다. 몽롱한 상태에서 체크인과 출국 수속을 마쳤다. 모닝캄 자격 상실로 마티나라운지로 가서 허기진 배를 채웠다. 살 거 같다. 여행의 설렘이 살짝 돋아났다.

비행시간이 13시간30분이나 되어서 깜짝 놀랐다. 러시아 반란 사태로 우회하는가 보다. 아니면 우크라이나 침공 전쟁으로 두 나라 상공을 아예 우회하는 건지도 모르겠다. 우선 자야겠다. 이코노미석의 좁은 공간이 나를 가두었다. 힘이 든다. 아내에게 미안하다. 이제껏 이코노미석으로 잘 타고 다녔지만, 점차 힘들어지는 건 어쩔 수 없다. 다음부턴 비즈니스석을 타기로 다짐해보지만, 그럴 수 있을까?

오후 3시50분에 파리 샤를드골(CDG)공항에 도착했다. 복잡하지 않게 입국 수속을 마치고, 공항택시를 탔다. 정찰요금제여서 부담이 없다. 잘되어 있다. 거의 1시간 정도 걸리는데 62유로이다. 더 가까운 쪽은 55유로라고 한다. 차가 많이 밀렸다. 팁 여부를 잘 몰라서 검색해보니 특별사항이 없어서 3유로를 주었다. 너무 적게 주었나? 바가지 걱정이 없어서 마음이 편안했다. 차가 밀려도 걱정이 없다. 불확실성으로 인한 불안함이 없다. 여행 대국 프랑스의 파리에서 배짱을 부려도 몰려올 텐데, 이런 제도를 도입하였다니 놀랍다. 우리나라에도 도입이 시급하다는 생각을 자연스레 하게 된다. 해외여행객이 입국 시점부터 골탕을 먹거나 불안해하는 게 정상은 아니지 않은가.

에펠탑에서 걸어서 10분거리에 있는 에어비앤비 숙소에 무사히 입소했다. 성수기의 파리 숙박비가 너무 비싸서 도시 외곽에 머무를까 고민도 했었으나, 시내를 걸어 다니면서 여행하는 우리의 여행방식에 적합지 않아서 이곳 15구의 깡브론 지역에 숙소를 정하였다. 시내 한 복판인 1~7구역은 아니지만, 주요 관광지의 접근성이 비교적 좋은 동네다. 숙박 가격도 아주 비싼 정도는 아니어서 감당할만 하다. 에어비앤비 안내 메시지대로 입소하는데 다소 시행착오를 겪으며 30분이 더 소요되었다. 6시가 다 되었다. 아파트형 집인데 다소 낡았지만 깨끗한 편이다. 4일 밤을 보낼 집이다. 숙소에 안착하니 이제 여행이 시작되는 마음이다. 체력소모로 녹초가 되었다. 간단히 짐을 정리하고 휴식을 취했다.

에펠탑
휴식 후 샤워하고, 8시반에 에펠탑 공원지구를 향해 산책을 출발했

[그림 1-1] <석양의 에펠탑> 파리를 대표하는 아름다움이다.

다. 체력이 어느 정도 충전된 듯하다. 회복력이 중요하다. 9시경 멋진 석양과 어우러진 에펠탑을 만났다. 파리에 온 게 실감이 나는 순간이다. 13년 만이다. 아내와 기나긴 유럽 자동차여행의 끝에 도착했던 파리! 마드리드에서 렌터카를 반납하고 야간침대차로 파리에 아침에 도착했었다. 지금은 어스름한 저녁 시간이다. 이른바 '개늑시'의 광경이 눈앞에 있다. 기념사진과 아내의 인스타와 브이로그를 위한 동영상 등을 찍으며 즐겁게 시간을 보냈다. 석양의 에펠탑을 보며 이번 여행을 잘 해내리라고 의지를 다졌다.

야경을 보기 위해서 다시 돌아오기로 하고, 오던 길을 되돌아가 식당을 찾았다. 눈여겨 봐뒀던 식당 중 하나로 갔다. 가성비 좋을 것 같은 다소 허름한 레스토랑이다. 허기지고 지쳤다. 10시가 다 되었다. 생각하기가 귀찮아서 익숙한 메뉴로 햄버거와 리조또를 시켰다. 아시아계 바텐더와 두세 명의 젊은이들이 함께 운영하는 것으로 보이는 집이다. 작은 레스토랑이다. 즐겁고 시끄럽게 떠들며 서비스한다. 음악도 크게 틀어났다. 흥이 넘치는 젊은이들을 보니 우리도 흥겨워진다. 신세대들의 모습을 보면서 허겁지겁 먹었다. 곁들여 주는 바게뜨빵이 아주 맛있었다. 38유로에 2유로 팁을 줬다. 남은 음식을 싸주겠다고 한다. 처음부터 그럴 줄 알았으면 애써 다 먹으려 고생할 필요가 없었다. 어쨌든 내일 아침 식사로 먹을 것이 생겼다. 컵라면 한 개와 이걸 먹으면 되겠다. 아내와 즐거운 셈을 나누고 웃었다.

식사 후 에펠공원으로 다시 갔다. 와, 야경이 멋지다. 황홀하다고 말할 수밖에 없다. 블로그, 브이로그용 사진을 더 찍었다. 아내의 취미생활이다. 적극적으로 지원해야 한다. 기본 임무를 완수하고 다른 사람

[그림 1-2] <파리의 여름밤, 레스토랑 로얄 깡브론>

들처럼 잔디밭에 자리 잡고 앉았다. 주위 경관을 감상하며 아내와 여행 첫날의 들뜬 기대를 함께 나누고, 앞으로의 기나긴 여행에 대한 각오를 다지는 하이파이브를 했다.

11시20분쯤 일어나서 집으로 향했다. 완전히 지쳤다. 아내가 지친 몸을 이끈다. 나는 힘든 건 말할 거도 없고 허리까지 아파져 온다. 여행 짐이 많고 커서 몸에 다소 무리가 간 거 같다. 허리가 휘청이는 느낌이다. 조심해야겠다.

길거리에 사람이 아직 꽤 남아있다. 동네 사거리 모퉁이에 있는 레스토랑의 노천 좌석에는 아직도 손님이 가득하다. 모두 즐겁게 열심히 떠들고 있다. 파리의, 아니 유럽의 여름밤이다.

미니가게에서 물을 사고 숙소에 들어오니 12시가 다 되었다. 긴 하루였다. 몸 상태가 '망가지기 직전의 기계' 같다. 아내는 나보다 나은 줄 알았는데, 나와 같은 상태라고 말한다. 나보다 젊은 듯, 그렇지도 않은 듯한 아내이다.

지쳐 쓰러져 잤다. 지금 새벽 3시에 깨서 여행 첫날의 저널 쓰기 중이다. 조금 전에 아내가 다리에 쥐가 나서 깼다. 가볍게 주물러줬더니 다시 잠들었다. 나도 한번 쥐가 났으니 부부가 함께 고생 중인게 맞다. 여행이 그렇다. 이번 여행 중에 몸과 마음이 단단해지기를 기대해본다. 매일 얼마나 걷는지를 기록해봐야겠다. 건강과 고생, 훈련의 기록이 될 테니 말이다.

오늘의 걷기: 20,345 걸음

틸르리와 퐁피두,
마레지구를 걸어서 오페라 바스티유,
Signes (6월 28일)

저널

밤새 고단한 몸을 느끼면서 잤다. 아내는 더 그렇다. 자다깨다 자다
깨다 하였다. 9시 넘어서 일어났다. 오전에 느린 행보로 몸을 추스리
고, 오늘은 무리하지 않고 컨디션을 조절하는 날로 정의하며, 위로하
고 다짐한다. 여행을 끝까지 잘 해내리라고. 이제는 여행을 잘 마치는
것 자체가 가장 중요한 목표가 되었다. 인생 여정과 같다.

아침으로 라면 한 개를 끓였다. 어제 가져온 레프트오버를 함께 곁
들여서 먹었다. 잘 어울린다. 속이 개운하다. 하루 만에 라면, 밥, 김치
등이 먹고 싶어지다니. 이젠 여행 중 한식을 자주 먹어야 한다. 그간
해외음식에 큰 부담 없이 여행할 수 있었다는 게 오히려 신기하다. 아
내도 외국 음식에 정말 잘 적응했었는데, 이젠 좀 다른 거 같다. 모든
것이 변한다. 우리도 계속 변(化)하고 있다. 받아들이고 적응하는 게 중

요하다. 새로운 생각과 행동 방식을 찾아가야 한다.

다소 늦게 집을 나섰다. 벌써 12시다. 지하철역(La Motte-Picquet)에 도착해서 일주일권 교통패스인 나비고(Navigo)를 샀다. 사진을 부착해야 하고 재충전이 가능한 교통권이다. 비상용으로 가져온 여권사진을 써먹었다. 사진이 박힌 패스가 나름 멋있다. 사진 속 내가 '현역' 공무원처럼 보인다. 통상 이런 패스 사진은 범죄자처럼 보이는 건데, 여권사진을 미리 가져온 게 다행이다. 기분이 좋다.

튈르리 공원

M8 라인을 타고 네 정거장 만에 콩코르드역에서 내렸다. 역을 나오니 멋진 광장이 곧바로 보인다. 예전에 이 광장에서 오래 머물며 즐거워하던 생각이 났다. 오벨리스크가 여기(파리)에 있는 게 신기했었다. 알고 보니 이집트에서 기증한 거란다. 무슨 기념 어쩌고 했던 명목이었다. 아마 국제관계상 필요에 의한 것이었으리라. 제국주의와 제3세계의 관계. 그런 것들이 떠오른다. 내 아주 젊었던 대학생 시절의 주 관심사였던 것들이다. 오늘은 일정상 간단히 보고 통과하기로 했다. 오랜만에 본 콩코르드광장은 아직도 멋지다.

튈르리 공원 쪽으로 향하였다. 탁 트인 공원 전경이 시원하다. 쨍 내리쬐는 햇빛에 사람들이 들뜬 모습이다. 공기가 맑고 건조한 이유로 이렇게 화창한 날씨가 만들어진다. 자연의 특성이다. 파리의, 서부 유럽의 축복이다. 인간의 삶의 양태가 모두 환경에 의해 결정된다면 파리지엔은, 프랑스인은 어쩔 수 없이 고상함과 밝음 쪽에 있는 사람들일 것이다. 물론 환경결정론의 주장이지만. 그렇다고 해도 프랑스인들이 독일인들보다 밝고 여유로운 것은 사실처럼 보인다. 너무나 선명히 느껴지는 차이다. 그 어느 나라보다 강했던 절대왕정의 억압적 지배하에서도 지켜낸 이들의 내재화된 특성이 '자유' 시대인 오늘날에 활짝 핀 모습을 보게 된다. 파리의 분위기는 역시 다르다.

공원 안쪽에 있는 야외식당에서 점심을 먹기로 하였다. 밝은 웃음을 띤 웨이트리스가 꽃머리띠를 하고 다가온다. 기다림 없이 곧바로 자리에 안내되었다. 빈자리가 한 개 정도 더 남아있다. 프랑스 젊은이들은 이쁘다. 남녀 모두 오밀조밀하고 잘생긴 얼굴에 밝은 표정이 넘친다. 문학과 예술 교육을 많이 받아서인지 그 사람의 직업에 관련 없이 세련됨이 스며들어 있다. 이 가게의 젊은이들도 그러하다. 상대하고 있으면 기분이 좋아진다. 특이하다. 베를린과 독일에서 느끼지 못한 편안함과 자유가 느껴진다. 문화란 사람들 속에서 느끼는 것이라는 점을 실감한다. 튈르리를 감싸는 싱그런 바람이 우리를 스쳐 지나간다. 아내도 기분이 좋다. 여행의 즐거움이 더해진다.

샐러드 디쉬와 스파게티를 주문했다. 기다리는 동안 둘러보니 동양인은 우리뿐이다. 이질적으로 보이진 않겠지? 이제 글로벌 해져서 서로 다름이 거의 의식되지 않겠지만 그래도 신경이 쓰이는 건 어쩔 수 없다. 아내와 내가 이미 차이에 둔감해진 정도로 국제화되었다고 하더라도, 의식은 남는다. 음식이 맛있었다. 점심을 마치고 나오는데 등 뒤에서 그 웨이트리스가 "좋은 하루!"라고 외친다.

튈르리 공원은 여전히 한가롭고 아름답다. 여름 한낮의 햇빛을 받아서 짙은 초록의 나뭇잎이 반짝거린다. 작은 조형물과 분수대가 공원을 장식하고 있다. 잘 정비된 정원수들이 베르사이유의 거대한 디자인의 정원수를 떠올리게 한다. 개활지로 조성된 넓은 공원에서 저멀리 에펠탑이 보인다. 좋은 휴식 공간이다.

맨흙을 밟으며 공원을 계속 걸으니 루브르가 나온다. 광장이 벅적댄다. 사람들이 떠들고 웃는다. 여행객과 중고등학생들이 뒤엉켜서 특유의 분위기를 만들어낸다. 여기 분위기는 항상 이럴 테니 이미 문화가 되었다. 분위기가 항상성(恒常性)을 가지면 문화가 된다. 파리의 문화는 루브르 박물관에 이렇게 끊임없이 박제화되고 있다. 사진을 몇 장 찍고 계속 이동하였다. 며칠 후 다시 올 것이다. 루브르 왼쪽 길로 계속 퐁피두센터를 향하였다.

생 메리 성당과 퐁피두센터

가다가 이름 모를 성당에 들렀다. 자원봉사 할머니가 성당 유래 관련 팜플렛을 주면서, 나갈 때 다시 놓고 가라고 한다. 주문 사항이 특이하다. 팜플렛이 몇 장 없는가 보다. 아늑하고 좋다. 메리성인을 축복하는 생 메리 성당(Église Saint-Merri)이다. 내부에 들어가서 제단과 채플을 둘러봤다. 5유로를 내고 메리성인 앞에 촛불을 올리고 기도를 드렸다. 우리 여행을 안전하게 돌봐 주시기를 간구하고, 가족들의 은총을 빌었다. 그리고 팜플렛을 반납하고 나왔다.

곧바로 퐁피두센터가 나타났다. 멋지다. 사진에서 본 거보다 더 멋지다. 안으로 들어가서 건물 구조를 구경하였는데, 아래층은 공용공간과 가게들, 2층에서 미술관으로 들어가게 되어있다. 뮤지엄 패스를 아직 안 샀으니 미술관 관람은 다음으로 미루고, 2층 뮤지엄 바로 앞 간이레스토랑에서 쉬기로 했다. 나는 밀크차이, 아내는 애플파이를 시켰다. 아래층이 내려다보이는 자리에서 한 시간여를 쉬었다. 졸며 쉬다 보니 시간이 많이 지나버렸다. 그래도 체력이 회복되었다. 아내는 그나마 졸지도 못한 모양이다. 회복이 덜 된 모습이다.

건물 밖으로 나와보니 위층에 이동 무빙워크로 올라가는 사람들이 보인다. 늦었지만 가봐야 한다고 내가 우겼다. 아내가 어쩔 수 없이 승낙(^^)한다. 다시 건물 안으로 들어가 입구를 찾아 올라갔다. 에스컬레이터가 층층을 안내해준다. 와, 이게 퐁피두의 본 모습인걸, 지나칠 뻔했다. 꼭대기 층에 오르니 파리의 전경이 펼쳐진다. 낮은 건물의 파리는 퐁피두 맨 위층에서 다 볼 수 있다. 시간이 많지 않아서 짧게 동서남북을 보고 재빠르게 사진을 찍었다.

이제 바스티유 광장으로 가야 하는데, 마레지구를 지나야 한다. 마레지구는 뉴욕의 소호(SOHO)와 같은 트렌디한 지역이다. 작은 부티크, 각종의 상점들, 미술관, 레스토랑이 어우러진 쇼핑과 여흥의 거리이다. 더 걸을 만한 체력이 남지 않아 지하철을 타고 이동하기로 했다.

[그림 2-1] <퐁피두에서 본 파리 전경> 파리의 지붕과 멀리 몽마르트르 언덕과 샤크레쾨르 대성당이 보인다.

한 정거장이지만 체력을 아끼기 위해서다. 가까운 M1 노선의 역을 찾아냈는데, 셧다운되었다. 인파가 밀려들어 사고 위험이 있어서 닫은 거로 보인다. 역 바로 옆의 공원에서 공연이 있을 예정인가 보다. 사람이 진짜 많아서 개미들의 축제같이 보인다. 아니면 시위대가 이곳으로 집합하려는 걸까?

어쩔 수 없이 걷기로 했다. 걸어서 돌아보는 마레지구는 인파의 바다이다. 히볼리가(Rue de Rivoli)의 대로가 너무 복잡해서, 뒷길 베흐헤거리(Rue de La Verrerie)로 가서 동쪽으로 계속 갔다. 무지개 장식의 건물이 많다. 레스토랑에도 있다. 다양성을 인정해달라는 성소수자들의 목소리(voice-making)가 울리는 듯하다. 당당한 모습이 자연스럽다.

[그림 2-2] <마레지구 오후의 거리> 야외 식당의 손님과 길을 가는 사람들로 붐빈다.

바스티유 7월 기념탑과 오페라 바스티유

마침내 바스티유 광장에 이르렀다. 프랑스대혁명을 기념하는 '7월
기념탑'(Colonne de Juillet)이 웅장하게 서서 우리를 내려다보고 있다. 영
화 속 프랑스혁명이 떠오른다. 큰 역사를 담고 있다. 프랑스만 국왕이
없지 않은가. 화끈하게 무너뜨렸다. 절대왕정이었기에 그랬으리라. 영
국과 참 다른 역사다.

광장 안쪽 한켠에 오페라 바스티유와 생마르땡 운하가 있다. 그 앞
에 시멘트 바닥이 넓은 공간이 있어서 젊은이들이 보드를 타고 있다.
보드클럽 멤버인 모양이다. 열심히 연습하고 있는 모습에 젊음이 묻
어난다.

오페라 바스티유는 현대적인 건물이지만 내부 구조는 여느 오페라

[그림 2-3] <오페라 바스티유에서 바라본 7월 기념탑> 바스티유 광장을 사이에 두
고 있다.

극장과 다름없다. 우리나라 예술의 전당과 비슷하게 지었다. 분위기도 비슷하다. 간단한 요기 거리를 사서 먹고 공연장으로 들어갔다. 프랑수아 미테랑 대통령 시기에 오페라의 대중화를 위해 지은 거라더니 대중적인 분위기가 묻어있다. 오페라 가르니에는 이와 다른 고전적인 분위기일 텐데, 며칠 후 고전발레 공연에 가볼 예정이다.

시그네스(Signes). 바스티유극장을 상징하는 유명한 모던발레 공연이다. 파리오페라발레단의 멋지고 예쁜 댄서들이 절제된 화려함의 현대무용을 보여준다. 안무가가 유명한 사람이다. 미국의 무용가이자 안무가인 캐롤린 칼슨(Carolyn Carlson)이 파리오페라발레단을 위해 만

[그림 2-4] <파리오페라발레단의 2022/2023 시즌 공연작, Signes> 올리비에 데브레의 환상적인 추상화가 배경을 이루고 있다. 르네 오브리의 인스트루멘탈 음악이 그림과 무용 사이에 울려 퍼지는 듯하다.

든 걸작이다. 불어 Signes는 영어 Signs(표식, 표현)이라는 뜻이다. 작품 소개의 글에 따르면, 웃음(smiles)을 표현하는 무용과 그림, 음악이 어우러진 모던발레인데, 프랑스 현대 추상화가인 올리비에 데브레(Olivier Debré)의 독창적인 7개의 그림에 바탕을 두고 캐롤린 칼슨과 데브레, 그리고 프랑스 현대음악 작곡가 르네 오브리(René Aubry)가 협업하여 1997년에 만들었다. 감각적인 데브레의 그림을 춤과 음악으로 표현하는 공연예술이다. 데브레의 인생의 마지막 시기에 만들어진 작품이다. 최고의 조합

이 아닐 수 없다. 이들의 작품세계를 보면 모더니티(modernity), 그 자체이다. 무대의 추상화와 극적인 춤이 관객을 환상의 세계로 이끈다. 군무가 주를 이루지만, 남주인공과 여주인공의 역할이 크다. 남주인공은 영화 [매트릭스]의 키아누 리브스만큼 키크고 날렵한 모습에다가 너무나 훌륭한 댄스를 보여주었다. 여주인공의 아름다움은 댄서 특유의 우아함과 힘을 갖춘 아름다움이었다.

아쉽게도 극도로 피로한 상태여서 여러 장면을 놓쳤다. 그렇지만 이 공연 특유의 우아하면서도 화려하고, 절제와 활력이 넘치는 복합적인 느낌이 우리를 사로잡았다. 공연예술의 힘이다. 멋진 공연의 감동이 짙은 여운으로 남았다.

공연 후에 생마르땡 운하 아래로 잠깐 내려가 보았다. 조금 걷다가 바로 올라왔다. 어두워서 편치 않았기 때문이다. 서둘러 지친 몸을 이끌고 바스티유역으로 갔다. M8을 30분 정도 타고, 10분 걸어서 숙소에 안착했다. 11시다. 곧장 쓰러져 잤다.

오늘의 걷기: 22,454 걸음

3

프티팔레와 센강,
팔레 드 도쿄와
파리시립 현대미술관 (6월 29일)

저널

아침에 일찍 일어났다. 예상외로 컨디션이 나쁘지 않다. 내 움직임에 잠을 깬 아내가 뭐하냐고 물었다. 여행저널을 쓴다는 내 말에, 나중에 보여줄 거냐고 묻는다. 그래도 되지만 보여줄 걸 의식하면 제대로 쓰기가 어렵다 했다. 아내가 알았다고 한다. 어찌할지는 나중에 생각해봐야겠다. 어찌 되었든지 지금은 기록할 때이다.

아침 식사를 위해, 숙소앞 카페 라블랑쉬 깡브롱에서 크로아상, 뱅오브쇼콜라, 캬라멜슈크림 디저트 등 여러 빵을 잔뜩 사 왔다. 이 집의 모든 빵이 맛있다. 아내가 검색해보더니 꽤 명성이 있는 빵집이다. 게다가 주인 부부도 아주 친절하다. 누가 프렌치, 파리사람이 불친절하다 했는가? 덕분에 산뜻한 아침이다. 기분이 좋다. 오전에 세탁물을 돌리고 휴식을 취했다. 나는 밀린 이메일을 확인하고 정리했다. 학기

말 성적처리 직후여서 이메일을 수시로 체크해야 한다. 이때쯤엔 학생들과의 소통에 주의(alert)해야 한다. 시기를 놓치지 않게 문제 해결이 필요할 때가 있어서다.

오늘 일정은 11시반에 출발해서 프티팔레, 그랑팔레, 파리시립 현대미술관, 팔레 드 도쿄 등 15구 지역을 돌아다니기로 했다. 그리고 저녁에는 영화 [존윅4]에서 키아누 리브스가 최후의 결투를 벌이던 몽마르트르언덕도 가볼 예정이다. 나는 키아누 리브스의 팬이다. 그가 출연한 영화도 즐겨 보지만, 욕심 없는 그가 한 인간으로서 좋게 보인다.

세탁 시간이 늦어져서 집에서 점심을 차려 먹고서 오후 한 시쯤에야 숙소를 나섰다. 지하철 M6를 타고 M13으로 갈아타야 하는데 M12를 탔다. 생라자르역에서 M13이 연결되기에 되돌아와서 프티팔레에 도착하였다. 익숙치 않은 파리 지하철을 습득해가는 시행착오였다. 지하철 노선 구조가 점차 이해되고 있다.

프티팔레

프티팔레에는 상설 전시의 조각과 그림들이 생각보다 많고 좋았다. 그림으로는 귀스타브 쿠르베의 잠(Le Sommeil, 1888)이 눈에 띈다. 당시 금기시했던 동성애를 드러낸 작품으로 논란이 되어 100년 만에 대중에게 공개되었다니, 쿠르베가 얼마나 파격적인 화가인지 알만하다. 리얼리즘이 혁명이 될 수 있음을 알게 해준다. 그 외에도 좋은 작품들이 많아서 상당한 시간을 쓰게 되었다. 조각으로는 쟝 밥티스트 카르포(Jean-Baptiste Carpeaux)의 우골리노(Ugolin and his sons, 1862), 앙투안 부르델(Antoine Bourdelle)의 과일(Le Fruit, 1911) 등이 눈에 들어왔다. 카르포는 로댕

[그림 3-1] <쿠르베의 잠>   [그림 3-2] <카르포의 우골리노>

이전의 조각가로서 이 작품 우골리노를 통해 유명해졌다고 한다. 단테의 신곡에서 지옥편 33곡에 나오는 우골리노 백작과 그의 네 아들이 묘사된 이 조각을 보고 있으면 그로테스크하다. 굶주림과 고통에 찬 우골리노와, 그에게 매달리며 쓰러져있는 자식들의 모습이 이루 말할 수 없이 고통스러운 느낌을 준다. 종교적 관점에서 볼 때, 워낙 강렬한 상황이어서 여러 예술가의 주요 소재가 되었다고 한다.

프티팔레에서 시간이 많이 지났다. 팔레 밖의 조그만 정원도 예쁘다. 중앙 돔 형식의 지붕이 화려하게 장식되어 있다. 정원 한쪽의 작은 벤치에 잠시 앉아서 햇빛에 반짝이는 정원과 팔레의 돔을 바라보며 휴식을 취했다.

정원을 통과하여 대로로 나오니 건너편에 그랑팔레가 있다. 그랑팔레는 보수건설 중이다. 정면에서 보면 '그랑'답게 크게 보인다. 아쉽지만 우리 일정이 지체되어서 다행이기도 하다.

센강의 알렉상드르3세 다리
바로 옆에 알렉상드르3세 다리로 향하였다. 센강에서 가장 아름답다는 다리다. 역시 명불허전이다. 꼭대기에 금박의 동상이 걸려있는 멋진 기둥(pillar)들이 다리의 아름다움을 더해준다. 다리 기둥의 화려함이 프라하의 카를교와 유사한 느낌을 준다. 넓게 펼쳐진 센강과 멀리 보이는 에펠탑이 잘 어우러진다. 날씨가 흐린 탓인지 강변 바람이 시원하다. 피로에 굳어진 얼굴이 씻기고, 가슴이 탁 트이는 느낌에 기분이 한껏 고양된다.

다리 교각에 기대어 밑을 내려다보다가 고개를 들어 시야를 길게 뻗어 센강의 끝을 가늠해본다. 여기서는 완만한 곡선을 이루지만 곧 굽이굽이 평야지를 흐른다. 그렇게 롤로(노르만디공국의 건설자, 시조)의 루앙을 거쳐 노르망디를 가로지르며 옹플뢰르에 이르러서 영국해협의 바다로 흘러가는 센강이 어렴풋이 읽힌다. 롤로의 후예, 노르만디 공작인 정복왕 윌리엄의 기개도 보이는 듯하다. 한 달쯤 후에 만나게 될 지역, 도시이다. 노르망디, 노르만족의 정착지를 곧 자동차여행 때 만날 예정이다.

알렉상드르 다리를 건너 엉발리드궁으로 향해 걸었다. 파리의 여느 궁과 성처럼 웅장한 모습이다. 앞의 공원이 드넓다. 너무 멀어서 걸어가 보는 것을 멈췄다. 대신 파리시립 현대미술관을 가보기로 했다. 63번 버스를 타고 센강을 건넜다.

팔레 드 도쿄

버스에서 내리니 팔레 드 도쿄가 먼저 나왔다. 입장료는 시니어티켓으로 인당 9유로다. 여권을 보여주었는데 자세히 보지 않고, 곧바로 아내 것과 두 장을 끊어준다. 부부일테니 그녀도 시니어일 거라고 생각했나. 어차피 동양인이니 구별이 잘 안되리라. 아니면 시니어 1인당 두 장까지가 허용되는 룰이 있을 수도 있겠다. 팔레 드 도쿄는 시멘트 벽과 기둥, 천정이 그대로 노출된 전시장이다. 대부분 설치미술이 전시되어 있다. 전시장과 잘 어울린다.

문득 카셀 도큐멘타가 떠올랐다. 그곳과 여기가 다른 점은 독특한 분위기로 지하에 조성된 전시장이다. 전체적으로 어두운 전시공간에 어울리는 작품들이 여기저기 늘어져 있다. 카셀 도큐멘타는 거대한 임시 가건물에 밝은 햇살이 비치는 수많은 야외공간에 설치미술품과 실험적인 현대미술과 조각까지 전시되는 축제 마당이다. 독일 중부도시 카셀에서 5년 만에 한번씩 열리는데, 베를린자유대학 교환교수 기간에 가보았다. 2017년 여름이었다.

팔레 드 도쿄는 기대만큼 큰 구경거리는 안되었다. 일부만 본 게 아닌가 싶었지만, 출구가 보여서 그대로 나왔다. 전시장 컨셉이 파리의 미술관으로서는 파격적인 셈이다. 구겐하임미술관이 발상의 전환으로 성공하였듯이 팔레 드 도쿄도 그런 시도를 한 것 같다. 모양은 아주 다르지만. 요즘 콘크리트가 그대로 노출된 건물이 유행하는 거를 보면 팔레 드 도쿄가 시대의 흐름을 잡아낸 전시관임에 틀림이 없다. 단지 그로 인해 더 이상의 희소성이 없어진 점이 아쉽다.

파리시립 현대미술관
파리시립 현대미술관은 바로 옆에 붙어있었다. 알고 보니 팔레 드 도쿄의 부속건물이란다. 특별전시 중이었으나, 무료 공간인 상설 전시관에만 가보기로 하였다.

[그림 3-3] <두피의 전기 요정> 거대한 작품이다.

처음 마주친 Salle de Dufy! 와우! 화려한 환상 속에 빠져드는 느낌이다. 거대한 삼면의 벽에 투사된 화려하고 독특한 그림이 형언할 수 없는 새로움을 던져준다. 색과 빛의 화가 라울 뒤피(Raoul Dufy)의 전기요정(La Fee Electricite, 1953)이라는 작품이다. 그림이 내 마음속에 들어온다기보다 나를 데려다가 공중에 띄워주는 듯하다. 내가 그림속에 들어가 있는 느낌이다. 두피의 세계에 파묻힌 느낌이다. 과학자들의 세계가 환상의 세계로 표현되어 있다. 그 세계로 나를 끌어들이는 강렬한 느낌이 있었던 데는 아마도 내가 지식을 업으로 삼은 학자이어서 그럴 수도 있었겠다.

아래층에는 Salle de Matisse가 있었다. 마티스 특유의 인체 곡선 표현이 벽에 펼쳐있다. 더 아래로 내려가니 메인 전시관이 있다. 예상했던 거보다 더 큰 전시관이다. 마음에 드는 근현대 작품들이 많다. 베를린 현대미술관과 비슷한 구조와 전시물을 갖고 있다. 파리는 역시, 뭐라 할 말이 없을 정도라는 데에 서로 동의하고 웃었다. 두피의 방에서 너무 오래 머물렀었는지 시간이 지체되었다. 서둘러야 했다. 우리가 관람하던 방이 끝나면 직원들이 뒤따라와서 곧바로 문 닫는 그런 식으로 계속 이방 저방 이동하였다. 여섯시 마감시간이 가까워져 오기 때문이다. 사진과 동영상을 찍으며 부지런히 관람을 마쳤다.

몽마르트르로 이동하기 좋은 시간이다. 석양을 봐야 해서 저녁시간이 좋다고 한다. 날씨가 흐려서 석양은 못 보겠지만 그래도 가볼까 하려는데 외교부 안전문자가 왔다. 파리 시위가 격화되고 있으니 안전에 주의하고 밤늦은 시간에 이동을 자제하라는 문자이다. 아내와 상의한 끝에 숙소로 돌아가기로 했다. 아쉽지만 오늘 일정은 여기까지다. 이미 충분하다.

숙소에 와서 재정비하고 저녁을 나가서 먹기로 했는데, 내가 지쳐 쓰러져 잤다. 소파침대에 잠시 누워있다가 그대로 잠든 것이다. 내 착한 아내가 그대로 놔두었다.

3일차 마감이다. 이제 56일 남았다. 온몸이 아프고, 아내도 컨디션 유지에 점차 더 애써야 하는 상태이다. 마라톤의 첫 몇 분이 힘들다. 우리의 마라톤 여행도 첫 며칠이 힘든 거라고 다짐해본다.

오늘의 걷기: 12,148 걸음

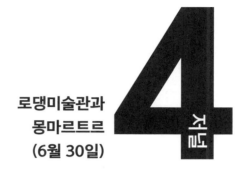

로댕미술관과
몽마르트르
(6월 30일)

꼭두새벽에 일어났다. 어제 일찍 쓰러져 잔 탓이다. 오늘은 6월의 마지막날이다. 누구나 생각하겠지만 2023년이 벌써 절반 흘렀다. 나이가 들면 세월이 빠르게 느껴지는 것은 만고불변이다. 나는 나이가 든 이후로 세월을 느낄 때 항상 노(老)시인 두보가 강 위에서 낚시하고 있는 모습이 떠오른다. 어릴 적에 두보의 시가 내 심금을 울렸다는 게 신기하다. 그리고 당시 두보가 고향에 돌아와서 세월을 낚는 모습을 그의 시로 표현했던, 그래서 선연한 풍경으로 그려졌던 모습이 내 머릿속에 깊은 잔영으로 남아있다. 이제 내가 실제로 그만큼 늙었고 지금 세월을 낚고 있다. 어색한 내 모습이다. 익숙해져야 할 내 모습이기도 하다.

오늘은 일찍 나서기로 했다. 나는 새벽 2시쯤 일어났고, 어제의 여행일지를 쓰고 이런저런 생각으로 시간을 보냈다. 아내도 다섯시 전에 일어났다. 담소를 나누다가 오늘 일정을 짜고 조금 일찍 움직이기로 했다.

브라세리 깡브론이 6시반에 문을 연다. 기다리다가 세탁기를 돌려놓고 곧바로 가게로 갔다. 멋진 모습의 중(장)년 부부가 바쁘게 일한다. 여주인이 오늘은 좀 늦었다. 우리가 주문을 하는 중에 왔다. 크로아상 2개, 피자 슬라이스 1개, 크로아상에 싸여진 아프리콧 파이, 에클레어 (번개)라 불리는 쵸코-슈크림 스틱 1개, 그리고 아메리카노 2잔을 샀다. 배고픈 탓에 넉넉히 샀다. 총 13.85유로밖에 안된다. 프랑스는 먹거리가 싸다. 스위스, 아이슬란드 물가가 꽤 비쌀 텐데 비교하며 체감해봐야겠다. 숙소에 돌아와서 식탁에 브렉퍼스트 메뉴를 모두를 깔아놓고 맛있게 먹었다.

여느 때처럼 오전 시간을 즐기며 천천히 나갈 채비를 하였다. 10시 이전에 나서는 것이 오늘의 가장 중요한 실천 사항이다. 오늘의 여행 일정은 오전에 여기서 가까운 로댕미술관, 점심식사, 오후2시 에펠탑 전망대, 사요궁, 개선문, 그리고 라데팡스와 신시가지에 가볼 계획이다. 돌아올 때 시간이 남으면 바토무슈라고 하는 센강 유람선을 타볼 생각이다. 바쁜 하루가 될 것이다. 체력을 다지며 꾸준한 행군을 해야 한다. 아내에게도 "파이팅!" 하고 성원을 보냈다.

일정에 따라 10시에 숙소를 나섰다. 로댕미술관에 갈 예정이다. M6 노선의 깡브론역에 가는 중 여러 카페에 사람들이 시끄럽게 떠들며 차를 마시는 게 보인다. 파리는 활발한 도시다. 라이블리한 길거리를 보며 걷다가 지하철 경로 확인차 구글 지도를 검색해보았다. 파업으로 지연된다고 뜬다. 앗, 어쩌지? 결국 미술관까지 걷기로 했다. 햇빛 차단제에 의존해야 하는 아내가 모자를 가지고 나오지 않았음을 아쉬워한다. 다시 들어갔다 올까 망설이는 아내를 달래서 그냥 미술관 쪽으로 움직였다. 구글에 총 25분 거리로 나온다. 오늘은 걷기를 최소화하려던 계획이 틀어졌다.

가는 길에 쎄규흐(Ségur) 거리를 따라가니 관공서 지역이 나왔다. 경호원들이 지키는 큰 빌딩들이 길가에 쭉 들어서 있다. 넓고 시원하게 조성된 길의 중간에 주차장이 들어서 있다. 사람이 많지 않고 조용한 곳이다. 쭉 가다 보니 눈에 띄는 건물이 있다. UNESCO 본부 건물이다. 아하, 문화의 도시 파리에 본부가 있다. 메인 건물이 크다. 복합단지처럼 부속건물이 여러 개 있는 듯하다. 건물을 배경으로 사진을 찍으면서, 문득 유네스코 본부에 근무하고 있는 지인이 생각났다. 아내와 계속 걸으며 "그 친구는 업무로 이곳에 있을 테고 나는 여행관람객으로 이곳을 지나고 있네"라고 말하니 아내가 그게 재밌는 인생이라고 답해서 함께 웃었다. 아내도 아는 친구다. 세상의 흐름이 예측하기 어렵고 변화무쌍하다는 생각이 든다. 여하튼 이곳에 사는 사람들은 수준이 있게 보인다, 집값이 비싸겠다, 부럽다 등등의 말을 주고받으며 계속 걸었다.

로댕미술관
로댕미술관에 도착하니 11시가 다 되었다. 시니어 티켓이 있냐고 물어보니 없다고 한다. 공원형태로 되어있는 안에 들어가 보니 잔디 위 입간판에 쓰여있는 "본 미술관은 Self-financed로 운영된다"는 문구가 눈에 띈다. 왜 그럴까 하는 생각이 들었지만, 어쨌든 뮤지엄패스 불가이다. 이들이 티켓 수입에 열중하는 것을 납득하였다.

공원에서 처음 만나는 작품은 '생각하는 사람'이다. 다른 곳에 전시된 것보다 크다. 조각상이 단위에 높게 올려져 있어서 생각하는 사람이기보다 오히려 굳은 의지의 사람처럼 보였다. 초등학생들 한 무리가 선생님과 함께 와서 우리 바로 먼저 생각하는 사람 밑에 앉아서 떠들고 있다. 귀엽고 천진하다. 순서를 기다리다가 늦어져서 한쪽을 차지하며 사진을 대충 찍고 이동했다. 아이들보다 빨리 움직여야 우리의 시간이 절약되기 때문이다.

공원 중앙이 공사 중이어서 주요 작품을 못 보게 될까 봐서 약간 걱정이 되었다. 서둘러 동선을 따라 이곳저곳 둘러보았다. 다행히 주요 작품이 다 있는 거 같다. 공원의 로댕의 조각상이 멋지다. 6월 말의 짙은 녹색 나무를 배경으로 굵은 근육의 조각상들이 단단하게 서 있다. 흔들리는 바람결의 나뭇잎 사이사이 비치는 햇살이 함께 흔들리며 조각상들을 더 입체적이게끔 해주고 있었다. 대부분의 로댕 작품은 강한 인상을 준다. 내가 로댕을 좋아하고 높이 평가하는 이유다. 남성적인 힘과 역동성이 느껴진다.

지옥의 문(Porte de l'Enfer, 1880~1917), 칼레의 시민(Monument des Bourgeois de Calais, 1889)이 중앙 전시관 앞쪽 공원에 있으며, 전시관 뒤의 아래쪽 공원에는 지옥의 문과 칼레의 시민에 들어있는 등장인물의 개별 조각들이 전시되어 있다. 생각하는 사람도 지옥의 문 중앙 상단에 나오는 인물이다. 어쨌든 지옥의 문은 단테의 신곡에서 지옥편의 장면을, 칼레의 시민은 영국과 프랑스 간의 백년전쟁 때 자신을 희생하려고 자원해서 영국으로 뽑혀간 6명의 칼레 시민(공민)을 조각한 것이라고 한다. 전자는 신성의 이슈를, 후자는 애국주의를 다룬 작품이다. 칼레는 이후 오랫동안 잉글랜드의 속지가 되었다.

[그림 4-1] <로댕의 지옥의 문>

전시관 뒤쪽의 공원으로 가면, 입구에 지옥의 문 맨 위에 있는 세 망령의 별도 조각이 있다. 작품 이름이 말 그대로 세 망령(Les Ombres, Three Shades, 1902)인데, 아주 인상적이었다. 그리고 칼레의 공민들 개개인의 동상, 지옥의 문의 관련 동상, 빅토르 위고의 실험적 동상 등이 공원 곳곳에 들어서 있다. 모두 로댕 풍으로 선이 굵고 강건한 모습으로 조각되어 있다.

공원을 돌아본 후에 전시관 안으로 들어갔다. 로댕 작품을 보는 거도 중요하지만 까미유 클로델(Camille Claudel)을 만나기 위해서다. 일층 관람을 마칠 때까지 그녀는 나타나지 않았다. 로댕의 영원한 청춘(L'Eternal Printemps), 키스(Le Baiser) 등의 열정적인 작품도 보인다. 2층 마지막쯤에서 까미유 클로델 방(16번째 방)이 있다. 전시작품이 많지는 않지만 섬세한 그녀의 손길이 담긴 조각상들이 눈에 들어왔다. 그녀의 생애를 다룬 영화 [까미유 클로델]이 내 머릿속을 채웠다. 전성기의 아름다움을 갖고 있던 이자벨 아자니가 역을 맡아서 더 애잔했던 이야기다. 노년의 까미유 역을 줄리엣 비노슈가 맡아 열연했던 영

[그림 4-2] <로댕의 칼레의 시민>

[그림 4-3] <클로델의 왈츠>

화도 언뜻 스쳤다. 그녀의 삶의 힘든 여정에 공감하며 몇몇 컷을 찍었다. 유명하다는 왈츠(La Valse, 1893) 작품을 아내가 알려줘서 자세히 보기도 했다. 그래도 로댕의 유언으로 그녀의 방이 이 전시관에 만들어졌다니, 조금 평안해졌기를 희망하며 관람을 마쳤다.

파업 중인 에펠탑

로댕에 대한, 이 메모만큼이나 관람 시간도 많이 쓰게 되어서 일정이 촉박해졌다. 오후 2시에 에펠탑 꼭대기 전망대 예약이 되어있기 때문이다. 시간 절약을 위해 미술관 내의 야외식당에서 간단한 점심 식사를 마치고 나니 벌써 한시다. 구글에서 에펠탑까지 걸어서 27분이니, 시간이 빠듯하다. 현장에서도 기다리는 줄이 길 것이니 20분쯤 전에는 도착해야 한다.

버스노선이 가능한 거 같아서 버스정류장을 찾아가서 기다렸다. 예정 시간이 지나도 버스는 오지 않고, 그 사이 15분 후에 온다는 새로운 메시지가 떴다. 얼른 포기하고 서둘러 에펠탑 방향으로 걸었다. 괜히 시간만 낭비했다. 빠른 걸음으로 움직이다가 보니 벌써 지쳤다. 오늘 하루의 일정이 걱정된다.

정신없이 30분을 걸어서 에펠탑에 도착했다. 2시 20분전이다. 안도

하는 마음으로 곧바로 입구를 찾았다. 기다리는 사람이 없어서 곧바로 들어갔다. 물품검사를 마치고 단지 안에 들어가니 전자안내판에 안내의 글이 눈에 들어왔다. "Due to the strike, it is closed today." 더 이상의 설명이 없이 간결한 문구이다. 와, 황당하다. 한 달 전부터 두 차례나 새벽에 일어나 부부합동작전으로 광클릭 하면서 성공시켰던 예매가 무용하게 됐다. 허탈한 마음으로 여기저기 돌아보며 안내인을 찾아서 확인해봤더니 마찬가지다. 간단히 그렇다고 말한다.

잦은 파업과 독특한 노동자중심주의의 파리와 프랑스를 직접 겪었다. 프랑스는 세계적으로 대립적인 노사관계를 대표하는 나라다. 올해 봄부터 연금개혁 반대 시위가 과격해져서 몸살을 앓고 있는 파리를 잠시 까먹었다. 지하철이 제대로 작동되지 않음에도 미처 에펠탑까지 문 닫는 것을 예상치 못했다. 약간 우려하긴 했었지만 말이다.

13년 전에 못 올라갔던 꼭대기 전망대를 이번에도 못 가본다는 아쉬움, 하지만 당시 2층을 올라가 보았으니 지금 저 위를 전혀 모르는 게 아니라는 자기 위로의 마음, 그리고 애써 걸어왔으나 보상받지 못했다는 억울함, 그 외 여러 마음을 아내와 함께 얘기하면서 쉬었다. 제복을 입은 세 여성의 옆을 지나치는데 그중 한 사람이 조심스레 다가와 우리에게 말을 걸었다. 한국인 2세임을 직감했다. 역시 그러했다. 떠듬거리는 한국말로 오늘 문을 열지 않는다고 얘기해주길래 언제쯤 열 건지, 환불 정책은 어떤지 등을 물었다. 언제 열게 될지는 모르며 환불은 3일 후에 자동시스템으로 처리될 것이라고 한다. 친절한 그녀의 답변에 기분이 다시 좋아졌다. 에펠탑의 근접 사진을 몇 장 찍고서 다음으로 이동하고자 나왔다.

몽마르트르와 샤크레쾨르 대성당

근데 어디로 가지? 파업이 다발적으로 일어나고 있는 모양인데. 우리 시간이 많이 있으니 오래 걸리더라도 어제 포기했던 몽마르트르를 가보는 게 어떨까 하고 아내가 제안했다. 그렇게 하자! 오늘 나머지 일정은 그곳에서 다 쓰기로 했다. 키아누 리브스의 존윅을 만날 시간이다. 합의가 이뤄진 후, '몽마르트르 이동 작전'을 시작했다. 지하철 파업을 피해 버스를 타고 가보기로, 안되면 중간에서 우버나 택시를 타기로 했다.

일단 82번 버스를 타고 빅토르 위고(Victor Hugo)역으로 들어갔다. 긴 시간을 기다린 끝에 M2 지하철을 탈 수 있었다. 엄청나게 붐빈다. 밀려서 겨우 탔다. 사람들이 그래도 운이 좋다고 생각하는 거 같다. 파리지엔들은 이렇게 사는가 보다. 파업에 적응하고 동의하며 불편에 익숙해지는 것이다. 프랑스식 톨레랑스의 한 모습일 것이다. 서울 시내의 주말 시위로 부대끼는 거리가 생각난다. 독일의 협동적 노사관계가 떠오른다. 서로 다르지만, 모두 살아가는 모습이다.

몽마르트르는 변함이 없었다. 언덕 위 샤크레쾨르 대성당은 웅장하게 자리 잡고 존재감을 드러내고 있다. 반갑다. 언덕 위로 계속 올라가니 예전에 아내와 이곳에서 즐겁게 놀던, 그 즐거움이 살아났다. 그 시절을 얘기하면서 그사이 우리의 늙음을 기꺼이 받아들였다.

대성당에 들어가기 위해 줄을 서서 기다리면서 거리의 악사가 부르는 팝송을 즐겼다. 줄이 짧아지면서 악사 바로 앞에 우리가 서게 되었다. 내가 1유로를 기타의 케이스에 놓았다. 그런데 그가 옆쪽을 보며 노래하는 중에 보지 못하였나 보다. 아내가 얘기해주어서 알았는데, 그 악사가 이를 모르고 있다니 서운한 마음이 들었다. 인간이란 묘하다. 베풀었는데 그 상대가 알아주지 못하니, 1유로가 아깝다. 찜찜한 기분을 털어내기 위해, 노래 장면의 동영상을 찍겠다는 명목으로 2유로를 더 주기로 했다. 아내에게 딱 하나 남아있는 동전, 2유로를 건네주며 기타케이스에 넣어 달라고 했다. 아내가 내 미묘한 마음을 알아차렸다. 아내가 가서 기부 동전을 넣는 사이에 나는 공공연하게 동영상을 찍었다. 이제 악사도 잘 알아차리는 상황이 제대로 연출되었다. 기분이 좋아졌다. 아내도 표정으로 내 기분을 맞춰주었다. 3인 출연의 연극이 잘 마무리되었다.

물품검사를 마치고 성당 경내로 들어섰다. 성당은 여전히 아름답고 웅장하다. 들뜬 관광객의 마음으로 성전에 들어갔다. 사진을 몇 컷 찍는데 미사 중이었다. 미사 보는 사람들을 위한 경계선을 통과하여 안쪽으로 들어가서 우리도 미사에 참여하였다. 아래의 글은 나중에 우리 성당 성가대에 보낸 것이다.

"어제 막달레나자매와 함께 몽마르트르의 샤크레쾨르대성당(Basilique du Sacré-Coeur)에서 평일미사에 참여하고 영성체도 하였습니다. 웅장하고 아름다운 성전에서의 엄숙하고 진지함이 가득한 미사였습니다.

사제신부 3분께서 미사를 집전하고 계셨고, 수녀님 5분이 함께 하시고 계셨습니다. 주임신부와 보좌신부 외에 원로신부님이 있으셨는데 제가 보기에 90세가 넘으신 거 같았습니다. 힘들게 겨우겨우 움직이시지만, 말씀하실 때 믿음의 힘이 느껴져서 감동이었습니다.

샤크레쾨르는 성심이라는 뜻이라는군요. 성심성당입니다. 미사의 짧은 동영상과 성심 스테인드글라스 사진 한 장을 올립니다. 우리 성가대에 주님의 보살피심과 축복을 빕니다."

미사를 마치고 성전 내부 사진을 찍고 밖으로 나왔다. 아직도 햇빛이 강하다. 화가의 거리로 이동했다. 인파 속 거리를 조금 걷고 나서 광장 모퉁이 식당에서 이른 저녁 식사를 주문했다. 마르게리타 피자와 카르보나라 파스타, 오렌지주스와 파인애플주스를 시켰다. 오가는 사람, 밝고 흥이 넘치는 젊은이들을 보며 저녁을 천천히 즐겼다. 시위로 인해 다른 데를 가볼 수 없기에, 우리의 시간이 여유롭게 흘러가도록 놔두었다.

성당을 향해서 돌아오는데 조그만 공원에서 개들이 주인과 함께 집단으로 모여있다. 견공들의 모임터다. 잠시 보다가 계속 성당 쪽으로 갔다. 석양이 어찌 되는지 확인하기 위해서다. 턱도 없다. 아직도 한낮과 같이 밝다. 가만히 보니 성당 위 돔에 관광객이 보인다. 다시 줄을 서서 성당 경내로 들어가서 돔 등정을 위한 입장료를 지불하고 등정에 나섰다. 계단 292개를 올라야 한다. 낑낑대며 올라갔다.

사방이 탁 트였다. 파리의 온 모습이 드러난다. 에펠탑, 몽파르나스, 개선문, 여러 궁전, 신시가지와 라데팡스, 그리고 이름 모를 (새로 생긴 듯한) 몇 개의 큰 건물들이 시야에 모두 들어온다. 그중 가장 아름다운 것은 낮은 지붕의 건물들이다. 5~7층 정도의 일반 주거 건물들이 파리의 주인이다. 그리고 이들이 어우러진, 그들의 지붕의 질서와 무질서가 혼합된 정렬이 가장 아름답다. 파리 전경을 즐긴 것으로 충분하다.

이제 몽마르트르언덕에서 석양을 내려다보지 않아도 되었다. 그래서 숙소로 일찍 돌아가기로 했다. 돔을 내려오는 길이 좁고 가팔라서 조심스럽다. 그래도 힘들지는 않다.

시위 파업의 여파가 잦아진 듯하다. 교통편 지연이 약화 되었기에, 메트로를 타기로 했다. M12를 타니 직통으로 숙소 근처의 역까지 온다. 운 좋게 지체됨이 없이 쉽게 도착했다. 10분여를 걸으니 숙소가 보인다. 오늘도 몸이 파김치가 되었다. 많이 걸었다. 엄지발가락 물집이 커졌다. 어제까지 컨디션이 좋지 않던 아내는 오늘 약간 좋은 상태인 듯하다. 그래도 땡볕에 오래 걷느라 고생했다. 건강하게 잘 버텨주었다. 우리는 스스로 '부부여행단'이라고 말할 만하다. 호흡이 잘 맞고 서로 공감하고 함께 생각하고 배우는 모습이 비슷하다. 그래서 서로에게 익숙하다.

오늘의 걷기: 19,800 걸음

[그림 4-4] <샤크레쾨르 대성당의 전망대에서 본 파리 전경> 석양을 받은 파리의 지붕이 반짝인다. 멀리 라데팡스와 신시가지가 보인다.

생제르맹데프레 숙소와
걷기 투어
(7월 1일)

저녁

5

생제르맹데프레로 숙소를 옮기는 날이다. 파리의 핵심지역인 6구역에 있는 집이 기대된다. 이곳은 숙박비가 비싸서 깡브론 숙소와 나눠서 잡았다. 오늘은 숙소 이동 외에는 특별한 일정이 없다. 워낙 이쁜 동네이고 근처에 명소가 널려있는 곳이니, 입소 후 동네를 산책하며 이거저거 구경하기로 했다.

아침에 일어나 그동안 남겨진 음식을 모두 먹어 치우기 위해 씻고 데우고 등을 했다. 푸짐한 아침상이 차려졌다. 우버는 11시40분으로 예약했다. 짐 정리가 꽤 복잡하다. 아내가 일찍부터 준비를 시작한다. 무게를 분산해야 한다며 두 개의 작은 러기지에 무거운 물품들을 옮겨 담는다. 내가 맡은 큰 러기지 가방 두 개가 무거워지는 것을 줄여주기 위해서다. 첫날 이후 허리가 아파져서 고생하는 내 모습을 본 탓이다. 짐을 옮겨 담는 것을 지겨보기만 했다. 내 아내는 꼼꼼하게 미리미리 일 처리 하기를 좋아하는 여자다. 여행 중에는 특히 그렇다.

침구 정리, 쓰레기 처리 등 일이 많다. 약간 늦어졌다. 서둘러야 했다. 순간 허겁지겁하였다. 우버택시가 약속 시간 후 5분까지만 기다려 준다고 했기 때문이다. 느긋하게 짐을 싸다가 시간이 닥치면 급해진다. 방에 열쇠를 남기고 서둘러 나오니 약속시간 6~7분전이다. 떠나는 기념으로 숙소건물 사진을 재빠르게 찍고 나니, 곧 우버택시가 왔다. 승차하고 시계를 보니 5분전이다. 우버 정책을 보면서 5분후가 아니라 5분전에 와도 시간 맞출 수 있다고 큰소리치던 게 맞아떨어졌다. 아내에게 "거봐 5분전!"이라고 말하며 으스댔다.

우버를 타고 30분 이동했다. 휙 내려주고 가버렸다. 2유로 팁은 좋아라고 하더니 마지막 성의를 다하지 않는다. 집주소가 달라서 헤맸다. 그 친구가 잘못 대충 내려준 거다. 다음부터는 서비스를 보고 나서 팁을 정해야겠다고 다짐했다. 다행히 어렵지 않게 찾을 수 있었다. 짐을 옮기는데, 여러 계단을 내려가야 하는 문제가 있다. 아내의 걱정에 부응하며 조심스럽게 짐들을 운반했다. 허리가 아프지 않도록 여러 번으로 나눠서 왔다 갔다 했지만, 아픈게 도지는 듯하다. 오늘 하루 정도는 계속 고생할 것 같다. 어쩔 수 없다.

생제르맹 숙소에서 아를과 아그리젠토의 추억
새 숙소는 깨끗하고 이쁘다. 여주인이 사는 집이어서인지 정갈하게 정돈되어 있다. 실내장식이 주인의 수준을 보여주고 있다. 예술을 전공한 사람이라고 한다. 한쪽 구석에 그녀가 견공을 데리고 있는 사진이 있다. 40대 초반으로 보인다. 에어비앤비 외에 따로 직업이 있는 거 같지는 않다. 전형적인 이 지역 사람으로 보인다. 에어비앤비는 혁명이다. 호텔에 머물면 볼 수 없는 교감을 얻는다.

창밖 풍경이 일품이다. 중정 건너편 건물이 옛스럽다. 옅은 회색, 파스텔 색깔의 벽돌이다. 그 너머의 낡은 육칠층의 건물 뒷벽도 비슷한 분위기를 만들어주고 있다.

즉각 아를과 아그리젠토가 떠올랐다. 아를(Arles)은 내가 기억하는 유럽 최고의 도시다. 고흐의 마을이기도 하고, 그리고 개인 체험의 환상적인 순간이 머물어있는 도시이다. 2010년 유럽을 처음 본격적으로 만난 자동차여행에서다. 프로방스의 5월의 아름다움을 보면서 이 도시에 도착했을 때, 그 어느 도시보다 중세의 아름다움이 잘 간직된 곳

[그림 5-1] <아를의 지붕, 2010년>

이라는 인상을 받았다. 시내 좁은 길로 조심스레 우리의 소형차, 벤츠 C200으로 들어가서 겨우 구시가지의 작은 호텔에 갔다. 아니 이 도시는 전체가 구시가지다. 친절한 주인이 마침 큰방이 비었다며 맨 위 펜트하우스 같은 데로 배정해주었다. 4층(유럽식 3층)에 있는 유일한 방이었다. 짐을 낑낑 들고 올라가서 방에 내려놓고 창문을 연 순간 말문을 잃었다. 석양의 중세도시가 보여주는 아름다움이 그대로 창문 안으로 들어왔다. 놀라 몸을 밖으로 더 내밀어보니 전 시가지의 황토색 지붕이 한눈에 들어왔다. 양면에 창문이 있어서 넓은 시야가 만들어졌고 그 안에 고색창연한 중세 소도시가 모두 들어왔다. 내 생애 처음으로 넋을 잃었다. 형언할 수 없는 아름다움이었다. 중세의 아를, 중세의 역사가 거기에 있었다.

2018년 1월 시칠리아 자동차여행이다. 긴 시간 운전의 끝에 섬을 가로질러 아그리젠토 숙소에 늦은 밤 도착했다. 아그리젠토는 그리스 신전의 도시다. 새벽에 깨어서 창밖 풍경에 넋을 잃었다. 여명의 빛을 받아 내려다보이는 건물과 지붕들이 환상을 자아냈다. 중세의 속에 들어와 있는 강한 현실감이 나를 때렸다. 한참을 보다가, 문득 아내와 공유해야 한다는 생각에 그녀를 깨웠다. 아내도 놀란 듯 좋아했고 현실처럼 다가온 중세의 아름다움을 함께했다. 그날 낮에 본 아그리젠토의 신전과 유적들이 더 감동을 준 이유이기도 하다.

기억들을 되새기고, 탄성을 질렀다. 아내가 웃으며 공감한다. 내가 이런 풍경을 너무나 좋아하는 걸 잘 알기 때문이다. 아를과 아그리젠토의 지붕과 같은 창밖 풍경을 며칠 동안 내다볼 생각을 하니, 이 집이 무조건 좋아졌다. 파리 시내 한복판에서 이런 전경을 보는게 행복하

[그림 5-2] <아그리젠토의 지붕, 2018년>

다. 게다가 새 숙소의 위치는 한마디로 끝내준다. 오데옹역이 집문앞 100미터 내에 있다. 집앞 넓은 광장형 도로를 돌아서자마자 곧바로 역 입구가 있다. 믿기 어려운 위치다.

생제르맹데프레 지구에서부터 걷기 투어

점심을 나가서 먹기로 했다. 오데옹역 사거리의 몇 가게 중 하나에서 샌드위치와 샐러드를 사서 길거리 테이블에 앉았다. 음식 맛이 괜찮다. "파리에 와서 맛없는 음식을 먹어보지 못했는데 내 입맛이 좋아진 건지, 이 도시의 음식이 다 맛있는 건지 모르겠다"라고 아내에게 말했다. 둘 다인 거 같다는 그녀의 답변이 돌아왔다. 그럴 수도 있겠다. 남은 삶이 짧아지면 모든 음식이 맛있어진다는데 지금 내가 그런 것인가 하면서, 우리 어머니 생각이 났다. 가끔 그런 얘기를 하시곤 했다. 잠깐 스쳐간 모친의 기억을 갈무리하며 점심을 마쳤다.

바로옆 스타벅스에서 아메리카노 커피를 사서 숙소로 돌아오는 길에 집 앞에 동상이 있는 것을 발견했다. 아까 정신없어서 보지 못했던 거다. 다가가서 보니 학자 Vulpian이라고 쓰여있다. 19세기 인물이고 생리학자, 병리학자이다. 집 앞에 동상이라니! 그리고 집 앞의 옆길의 크고 긴 건물을 보니 데카르트 대학이라고 쓰여있다. 인문학으로 유명한 대학인가 보다. 인근에 소르본느 대학도 있다. 내일 가볼 예정이다. 생제르맹데프레는 대학촌이라 할만하다. 생제르맹데프레 한복판에 숙소가 있다 보니 이 모든 것에 둘러싸여 있다. 즐거움이 더 커졌다.

집에 들어와서 잠시 쉬면서 재단장하고 산책 동선을 정하고 나섰다. 오데옹역을 출발하여 생 미셸 광장, 세익스피어앤컴퍼니라는 서점, 그리고 시테섬의 순서다.

생 미셸 광장은 조그마했다. 장터가 섰다. 이거저거 둘러보고 물건은 안 샀다. 광장 한쪽 벽면에 있는 천사 미카엘의 사진을 찍고 곧 이동했다. 세익스피어앤컴퍼니에 가보니 사람들이 길게 줄을 서 있다. 밖에서 기념사진만 찍었다. 굳이 오래 기다려서 들어가 볼 필요까지는 없겠다.

골목길을 나오니 복구 중인 노트르담 대성당이 보인다. 대성당 앞 광장으로 갔다. 복구작업의 내용과 진행 상황이 가벽에 사진과 함께 설명되어 있다. TV로 본 화재 당시의 장면이 떠오른다. 오래전 방문 시에 봤던 당시의 화려한 전당이 흐릿하게 기억난다.

[그림 5-3] <생트샤펠의 스테인드글라스>

생트샤펠은 궁전 부속이지만 규모가 큰 채플이다. 줄이 길어서 티켓을 끊고 한참 기다렸다. 2층 채플에 있는 전 3면의 스테인드글라스가 탄성을 짓게 만든다. 화려하고 아름답다. 화려함이 극에 달한 듯하면서도 한편 프랑스식 세련됨이 있다. 이를 음미하면서 꽤 머물렀다. 아내는 친구들도 볼 수 있게 동영상 한 컷을 인스타그램에 올렸다.

콩시에르주리는 실망스러웠다. 건물은 평범하였다. 프랑스 요리 역사의 전시가 건물을 모두 채우고 있었다. 내국인들이 재밌게 보는 듯하다. 입장료가 아까운 마음이 들었다. 우리가 무언가 빠뜨리고 구경하는 것이리라. 실망을 안고 밖으로 나왔다.

센강 옆길을 산책했다. 시원한 강바람이 여름을 잊게 해준다. 아니 여름의 시원함을 더해준다. 파리의 여름이 매력적이다. 쾌적하고 맑고 좋다.

시테섬 끝에 다다랐다. 공원이 있길래 들어가서 벤치에 앉아 쉬었다. 담소를 나누고 이후 일정을 정했다. 퐁뇌프를 걷고 강 건너에 다녀와서 숙소 근처에서 저녁을 먹고 오데옹 광장까지 산책하는 거로 했다. 시테섬 꼭대기 지점을 보기 위해 갔다. 여기저기 젊은이들이 많다. 다행스레 말 그대로 끝자리에 아내와 앉을 수 있었다. 서쪽 하류에서 불어오는 바람을 전면으로 맞으며 어깨를 폈다. 아내가 조금 뒤로 가서 동영상을 찍어준다. 다시 불러서 나란히 앉아 강벽 아래로 발을 모았다. 벽에 있는 조그만 쇠고리에 사랑의 열쇠 몇 개가 잠가져 있다. 그곳에 아내의 두 발과 내 두 발을 모았다. 남은 생을 같이 가자는 마음도 모았다.

퐁뇌프(다리)는 대단히 멋있지는 않지만, 운치가 있다. 공원을 나와 퐁뇌프로 연결된 계단을 타고 올라와서 걸었다. 시원한 강바람이 아까보다 더 세졌다. 기분이 더 좋아진다. 중간중간에 홈이 파인 모습의 벤치가 있다. 빈자리가 있어서 앉아 사진도 찍고 좌우를 둘러보며 경치를 감상했다. 옆 사람들이 떠나자 서로 동영상을 찍어주며 놀았다. 내가 먼저 웃긴 동작을 연기했더니 아내가 재밌어하며 계속 웃는다. 교대하면서 아내도 여러 웃긴 연기를 해보라고 했다. 이런 거를 매우 어색해하는 아내가 오늘은 멋진 연기자가 되어 주었다. 보기에 즐겁고 좋다.

퐁뇌프를 완전히 건너니 특이한 설치가 보인다. 가방을 들고 있는 중년여성 화가가 광장에 조성된 큰 (임시) 동상으로 서 있고 건너편 건물 전면에 유화물감이 뭉터기 형태로 군데군데 묻어있다. 알고 보니 루이뷔통 파리본부 건물이다. 전 세계를 명품으로 장악하고 있는 회사이다. 프랑스의 문화경쟁력을 경제로 전환 시킨 회사다. 프랑스의 얼굴은 어떤 모습이 진짜일까 생각해본다.

풍뇌프를 되돌아와서 오데옹광장을 향하였다. 오는 길에 [빅뱅]이라는 이름의 한식당을 발견했다. 순두부와 육개장을 시켜 배불리 먹었다. 여행 중 처음 먹는 한식이다. 반찬으로 나온 김치도 먹었다. 몸의 반응이 좋다.

저녁 식사 후 오데옹광장과 뤽상부르공원으로 갔다. (다리가 아프다. 물집 잡힌 발가락도 말썽이다.) 오데옹광장에 가까워지니 멋진 건물이 보인다. 약간 다르게 보인다. 무얼까? 오데옹극장이었다. 아하, 공연건물답게 생겼다. 무슨 류의 공연을 하는지 궁금하다. 극장앞 광장은 조그마했다. 야외식당처럼 차려놓았다. 사람들이 가득하다. 여름날 저녁의 흔한

[그림 5-4] <풍뇌프> 강 건너에 아름다운 파리의 건물들이 보인다. 다리 북쪽 끝 오른쪽에 루이뷔통 파리본부가 있고, 그 건너편에 사마리텐 백화점이 있다.

장면이다. 극장을 우회해서 계속 가면 공원이다. 가는 중에 극장 안에서 식사 배달이 나오는 걸 봤다. 극장 내 레스토랑이 야외서비스를 하는가 보다. 이 사람들은 진정코 여름날 야외식사를 좋아하는 것 같다. 어쨌든 혹시 좋은 공연 일정이 있으면 고려해보기로 하고 계속 공원 쪽으로 갔다.

나중에 검색해보니 현대극을 많이 올리는 파리 제2의 국립극장이다. 오랜 역사를 가진 연극을 주로 공연하는 극장이다. 프랑스어 연극이라니 관람은 못 하겠다. 오페라와 달리 연극이 외국어로 진행되는 경우에는 더 어렵다. 베를린에 있을 때 연극 [Trust] 100회 기념공연을 보러 간 적이 있다. 독일어가 아닌 영어 연극임에도 불구하고 너무 빠르게 진행되어서, 따라가며 이해하기가 어려웠다. 다행히 육체적 움직임으로 신뢰를 표현하는 장면이 많아서 재미있게 봤지만, 대사가 느린 오페라와 완전히 달라서 처음에는 무척 당황했었다. 어쨌든 오데옹극장 공연 관람은 패스다.

뤽상부르공원에 다다랐다. 공원이 기대했던 것보다 크고 잘 조성되어 있다. 평화롭다. 어쩐지 베르사이유를 닮은 거 같기도 하다. 프랑스식과 영국식 정원이 조화된 아름다운 공원이다. 뒤쪽에는 뤽상부르궁이 보인다. 이곳에서 한 시간여를 머물렀다. 시원한 밤공기가 공원 전체를 감쌌다. 공원 내 모든 사람이 여유롭고 행복한 표정을 짓고 있다.
숙소에 돌아오니 9시가 넘었다. 멋진 산책이었다.

오늘의 걷기: 14,442 걸음

생 쉴피스 성당의 미사,
마레지구 관광
(7월 2일)

새벽에 일어나 계속 창문 밖을 보고 있다. 깜깜했던 하늘이 어렴풋이 밝아진다. 어스름하게 드러난 옛 벽이 운치 있다. 곧 여명이다. 어제 여행의 저널을 쓰면서 기다리고 있다. 좀 더 밝아졌다. 밖을 내다보며 마음을 새롭게 했다.

[그림 6-1] <생제르맹데프레 숙소의 아침 전경>

오늘은 일요일이다. 생 쉴피스 성당에 가서 주일미사를 볼 예정이다. 아내와 아침식사를 하러 8시반에 나섰다. 아침 공기가 맑다. 오히려 춥다. 서둘러 오데옹역 건너편 카페에 가서 간단한 브렉퍼스트를 시켜 먹었다. 서빙하는 직원이 친절하다. 추워서 식후 산책은 생략했다.

생 쉴피스 성당의 주일미사

미사에 맞는 옷차림을 하려고 나는 흰색에 가까운 연한 회색 바지
와 진청색 와이셔츠에, 청색콤비 자켓을 걸쳤다. 아내는 검은색 줄무
늬의 치마와 흰색 긴팔의 단아한 브라우스를 입었다. 여행 시작 후
처음으로 단정한 복장을 갖췄다. 10분 만에 생 쉴피스 성당(Église Saint-
Sulpice)에 도착했다. 파리 제2의 성당이라 했는데, 엄청나게 크게 보이
진 않았다. 도심의 거리 속에 자리 잡고 있어서 그런가 보다. 성당 안
으로 들어서니 넓고 개방적 느낌이 든다. 자유로운 분위기의 성당이
다. 구석구석 모든 채플을 돌아보고, 자리에 앉으니 미사 시작 5분 전
이다.

미사 시작 후 10분쯤에 잠깐 졸음이 밀려왔다. 잠이 절대적으로 부
족해서 그렇다. 아직도 새벽에 일찍 깨고, 일어난 김에 여행저널을 쓰
다 보면 다시 잠드는 게 어렵다. 못 알아듣는 프랑스어로 미사가 진행
돼서 그럴 수도 있다. 정신은 맑은데 살짝 졸린다. 특이한 경험이다.
졸리면 몽롱해야 하는데 맑은 정신이라니. 이를 옆의 아내에게 문자
로 써서 보여줬더니 웃는다. 다행히 얼마 지나지 않아서 졸음이 사라
졌다. 미사에 집중하고서 우리 부부와 가족을 위해 기도를 드리고 여
행의 안전을 빌었다. 아울러 우리 성가대의 축복도 빌었다. 작은 규모
의 성가대라서 빠지지 않아야 하는데 장기간 참여치 못하게 되어서
미안한 마음이다.

프랑스어 미사를 알아듣지 못한 채 앉아있는 게 당황스럽기도 하지

만 점차 익숙해지고 있다. 미사의 세부 과정을 다 이해하기보다 일정 거리를 두고 기도에 집중하면 된다는 걸 알게 되었다. 미사가 끝나고 난 후에 무언가 있을 거라고 진행자가 얘기하는 듯하다. 곧 파이프오르간 연주가 시작되었다. 5분여의 긴 연주였는데, 웅장하게 울려 퍼지는 파이프오르간 소리가 성당 안을 꽉 채워줬다. 매우 신나는 곡이 연주되었다. 세계최대의 파이프오르간이라고 하는데 정확히는 모르겠다. 연주 음악의 여운 속에, 예수님 채플과 피에타 채플에 봉헌초를 올리고 다시 가족을 위한 기도를 했다. 아내가 두 아이의 평안과 화해를 기도하는 중에 눈물이 났다. 살짝 훔치고 밖으로 나왔다.

성당 앞 (생 쉴피스) 광장에서 간이시설을 설치하고 무언가의 장터가 열렸다. 광장옆 레스토랑에서 점심 먹고 가보기로 했다. 날씨가 쌀쌀

[그림 6-2] <생 쉴피스 성당의 내부 성전: 미사 후>

하다. 한국은 지금 무덥다는데 여기는 딴 세상이다. 점심을 먹으며 조금 전 미사의 분위기에 관해서 대화를 나누었다.

유학 시절에 다니던 미국성당과 한인성당은 서로 달랐다. 미국성당에서는 자유로운 분위기 속에서 미사가 진행됐다. 작은 성당이었기에 가족적 분위기였고 미사 후에는 함께 즐겁게 나누는 시간이 뒤따랐다. 3년 정도 다닌 시점에 이런저런 사정이 생겨서 한인성당으로 교적을 옮겼다. 한인성당에서 초기 적응에 어려움이 컸다. 엄숙하고 경건한 분위기에 불편하고 기가 죽었다. 한국 천주교회를 다녀본 적이 없었기에 일종의 문화적 충격을 겪었다. 시간이 흐르자 다른 유학생들과 어울리며 점차 안정되었고 한인성당의 분위기에 익숙해졌다. 그렇지만 다소 겉도는 느낌이 계속 나를 괴롭혔다. 뭔가 계기가 필요했다. 성당 입구 잔디밭에 성당 이름이 크게 새겨진 현판을 세우기로 하자, 내가 자원했다. 크고 단단한 목재 판을 구해서 성당 이름을 쓰고, 그리고 음각으로 파내는 작업이다. 대학원생 아파트 단지 내의 집 앞 잔디밭에서 작업했다. 당시 학위논문의 틀이 어느 정도 잡힌 단계여서 잠깐씩 시간을 낼 수 있었다. 하루 2~3시간, 15일간의 작업 끝에 나무 현판이 완성되었다. 유려한 캘리그래피로 조각된 [Saint Andrew Kim Catholic Church] (성 안드레아 김대건 천주교회) 현판이 멋진 모습을 드러냈다. 한인성당에 이를 세우던 그 순간을 지금도 잊을 수 없다. 내 인생 처음으로 해본 조각? 아니면 목공예? 여하튼 어느 쪽도 좋다. 성취감과 안도감이 겹쳐졌고, 비로소 한인성당에 내 신앙 활동이 정착할 수 있었다. 문득 그 현판이 지금까지 남아있을지 궁금해진다. 무려 30년이 지났으니 남아있을 리가 없겠지만, 언젠가 가서 확인해 봐야겠다.

오늘 자유로운 분위기에서 미사를 보다 보니 옛 생각이 났다. 그리고 우리나라 성당의 미사에서 마음 한편으로 아쉬웠던 점을 아내와 공유하였다. 무겁고 경건하지만, 종종 과도한 압박을 주는 우리나라 미사 의식을 여기에서만이라도 벗어나자는 얘기를 나누었다. 아내는 적극 동감이다. 그녀도 항상 그런 마음을 갖고 있(었)다. 나도 그런 마음이 있음을 잘 알고 있다. 단지 서로 명확히 소통할 필요가 있었다. 우리부터 서로 자유로워져야 하기에.

얘기를 나누면서 식사를 마쳤다. 음식이 맛있지만, 2인분을 시켰으니 또 남는다. 어쩔 수 없다. 1인분을 주문할 수는 없지 않은가. 웨이터에게 싸달라고 해서 남은 음식을 가지고 나왔다. 봉투에 담아주지 않아서 들고 다니기에 불편하지만, 내일 아침 식사로 대용해야겠다. 광장 장터에 들어가 보니 도자기 시장이 열렸다. 그릇과 도자기 공예품을 판다. 여행 짐을 늘릴 수 없으니 부피가 큰 물품은 살 수 없다. 구경만 했다. 자유롭게 만들어졌다. 단정한 우리네 그릇과 다르다.

시장 구경을 마치고 숙소로 돌아오려다가 가까운 거리에 있는 생제르맹수도원 교회로 향하였다. 한 블록 거리다. 수도원 교회인데도 완전히 개방되어 있다. 차분한 아름다움을 갖춘, 좋은 느낌의 성당이다. 경내를 천천히 둘러보면서 마음이 편안해졌다. 자리에 앉아서 잠시 명상의 시간을 가지고 나서 밖으로 나왔다. 숙소까지 10분을 걸어서 들어왔다.

다시 마레지구에
집에 돌아와 오후의 나른함으로 둘 다 잠들었다. 여행의 피로가 누

적되어 쉽게 늘어지고 잠든다. 깨어보니 5시가 다 되었다. 옷을 갈아 입고 나가보기로 했다. 행선지를 고민하다가 마레지구에 있는 위고기념관과 보쥬광장에 가기로 했다. 서둘러야 위고기념관이 6시 문 닫기 전에 볼 수 있다. 지하철이 불확실해서 버스를 타기로 했다. 집앞 정류 소에서 86번을 탔다. 주말이라선지 시위가 없고 평화로웠다.

위고기념관에 5시반에 도착했다. 안내인이 곧 문 닫을 시간이니 서 둘러 보라고 말한다. 유익한 관람이었다. 빅토르 위고의 작품이 언뜻 생각나지 않았는데 관람하면서 기억해냈다. 영화와 뮤지컬로 봤던 레 미제라블, 웃는 남자, 노트르담의 꼽추 등이다. 시인이자 당대 최고의 지식인이자 정치인이기도 하다. 그리고 로댕미술관에서 알게 되었는 데, 로댕의 모델로서 함께 여러 시험프로젝트를 하였다. 자신이 잘생 겼다고 생각했었나 보다. 관람을 마치고 보쥬광장으로 나왔다. 작고 아름다운 공원이다. 작은 규모라서 광장이라고 한다.

집에 돌아가려고 M6 지하철을 타고 바스티유역에서 내렸다. 여기 서 86번 버스를 타면 된다. 바스티유 광장에서 젊은이들로 구성된 밴 드가 신나는 음악 공연을 하고 있다. 일부 멤버는 앞에서 춤을 추며 흥 을 돋운다. 구경꾼들의 어깨가 들썩거리고 몸이 흔들거린다. 나도 그 렇고 아내도 그렇다. 즐거운 기분으로 노래 한 곡이 마쳐질 때까지 거 기 있었다.

바스티유 광장의 7월의 기념탑이 새삼 멋있어서 사진을 찍는데 30 대 후반 또는 40대 초반의 두 남자가 내 사진 컷 안에 들어왔다. 나를 보며 웃기에, 내 뒤 또는 옆에 그들의 일행이 사진 찍고 있는가 싶어서 돌아보았다. 아무도 보이지 않기에 그런가 보다 하고, 세로 사진으로 기념탑을 맞춰서 컷을 잡았다. 그들이 계속 호의적인 표정이길래, 나도 대체로 그런 표정으로 대해줬다. 마침 다른 데서 사진을 찍던 아내가 왔다. 기념탑을 배경으로 아내 사진을 찍는데 그 친구들이 호의의 제스처를 보이고 지나갔다. 아내가 좀 이상하다고 말한다. 내게 무언가 신호를 보내는 거 같다고. 웃긴 얘기다.

생마르땡 운하와 LGBT 레스토랑

생마르땡 운하를 보려고 안쪽으로 이동했다. 며칠 전 Signes 공연 후에 운하로 내려갔을 때는 어두워서 곧바로 올라왔었다. 오후 햇살에서 보는 생마르땡 운하가 멋졌다. 그때와 다르다. 예쁜 경치를 사진에 담으면서 아래 운하 변으로 내려갔다. 내려가는 길 왼편 식당에 사람이 가득 찼다. 운하 변을 더 걷다 보니 기타, 드럼, 베이스 3인이 연주하고 있다. 분위기 있게 잘한다. 계단에 앉아서 즐겁게 감상하고 2

[그림 6-3] <생마르땡 운하의 3인의 밴드>

유로를 케이스에 넣어주었다. 5유로짜리도 보인다. 자리로 돌아오면서 5유로를 줄 걸 후회되었다.

강변산책을 마치고 올라오는데 문득 이상한 느낌이 들었다. 길옆 노천 좌석으로 눈을 돌리니 남자손님만 보인다. 아하, LGBT 레스토랑이다. 식당 건물을 보니 무지개 천이 걸려있다. 내려올 때 보이지 않는 방향이다. 그래서 알아차리지 못했다. 레스토랑 안과 밖의 좌석들에 모두 남자들이 앉아서 웃고 떠들며 즐겁게 대화하고 있다. 그렇다. 여기 손님들은 모두 성소수자들이다. 간혹 남녀가 혼합된 팀도 보인다. 이제 생각해보니, 아까 바스티유 기념탑에서의 두 남자도 친구가 아니고 커플이다. 아내가 약간 농담조로, 그래서 그들이 당신을 보고 웃고 그랬다고 한다. 함께 웃었다. 밖으로 올라오며 보니 식당의 이름 [Grand Bleu]가 보인다.

이들이 공개적으로 즐겁고 밝게 살아가는 모습이 보기에 나쁘진 않다. 이곳 파리에서는 동성애자들이 모두 커밍아웃 되어있을 거 같다. 이처럼 공개적으로 자존감을 지키며 사는 데 찬성한다. 성적지향은 취미나 선택의 문제라기보다 천성적인 면도 있다. 오래전 영화 [필라델피아]에서 톰 행크스가 연기한 동성애자의 모습이 생각난다. 성소수자의 권리와 법적 보호는 항상 사회 진보의 척도가 된다. 사회규범과 문화는 또 다른 문제다. 유럽보다 보수적인 미국에서도 그렇고, 우리나라에서도 문화적 수용성은 아직 충분치 않다. 복잡한 문제다.

아내와 이에 대해 여러 얘기를 나누며, 버스정류장에서 86번을 기다렸다. 12분이면 온다더니 안 온다. 다시 검색해보니 또 12분 후에 오

는 거로 되어있다. 아내가 걷자고 한다. 40분거리인데 걸으려니 걱정
되기도 하지만 달리 방법이 없다. 걷다 보니 예상외로 금방 센강 강변
에 도착했다. 강을 건너서 생제르맹데프레 거리를 타고 오다가 까루
프익스프레스에서 식수와 먹거리를 잔뜩 샀다. 무겁지만 괜찮다. 냉
장고가 텅 비었고 먹을 물이 없었다. 새로 사 온 먹거리와 밥과 라면으
로 맛있는 저녁을 먹을 수 있었다. 좋은 주일 하루를 보냈다.

오늘의 걷기: 14,698 걸음

저널 7

**루브르 박물관
(7월 3일)**

푹 자고 일어났다. 온몸이 아프지만 컨디션은 좋은 편이다. 수면이 주는 회복의 힘이다. 루브르에 가기로 했는데 온라인 예약이 불가하다. 관람객 폭증으로 온라인으로는 7월7일 이후에나 예약할 수 있다고 한다. 현장에 가서 줄 서서 기다리는 수밖에 없다. 지하철도 불확실하니 숙소에서 걸어가기로 했다. 20분 이상 걸린다. 출발 시간을 앞당기기 위해 집에 남은 음식을 대충대충 먹었다. 관람객 폭증이라, 시위는 계속되고 관광객은 계속 몰린다. 이 도시는 사람을 한없이 끌어들인다.

12시에 집을 나섰다. 늦어졌다. 교통편 검색을 해보니 노선 별로 드문드문 지연 공지가 보인다. 일단 지하철을 타보기로 했다. 오데옹역에서 나비고 1주일권을 다시 충전하고 M4 샤틀레역으로 갔다. 월요일이라선지 붐빈다. 나비고 충전을 위해 역무원 앞에 줄을 섰다가 아내가 티켓발매기로 가서 직접 충전을 시도해봤다. 아내는 기기 조작에 밝다. 관심도 많고 자신감도 있다. 특히 인터넷을 비롯한 IT 기기와 소프트웨어 활용에 밝다. 그래서 내가 의지하고 기꺼이 맡긴다. 아내가 우리 집의 전자기기와 IT 담당이다. 나도 줄을 벗어나 아내의 가이드로 내 나비고에 1주일권 충전을 성공적으로 마쳤다.

다행히 M4 지하철은 늦지 않게 왔다. 샤틀레역까지 문제없이 순식간에 도착했다. 세 정거장 거리다. 걸어서 금방 루브르 광장에 도착하였다. 운이 좋다.

루브르 박물관

루브르광장에 가서 긴 줄에 섰다. 입장하는데 2시간 정도 걸린단다. 시계를 보니 12시49분이다. 이대로라면 박물관에는 3시간 정도 머물며 볼 수 있다. 줄 서서 기다리기로 했다. 오후 햇빛이 따갑다. 여름답다. 서부 유럽의 도시는 그늘에 들어서면 시원하지만, 햇볕은 뜨거운 날씨를 품고 있다. 오늘 파리의 날씨가 그렇다. 땡볕에서 30분을 기다리고 있으니 무척 힘들다.

아내가 묻는다. 힘드니까 다음에 오는 거도 괜찮다고. 내가 허리가 아파서 괴로워하는 걸 보고서 하는 말이다. 여행 초기 무거운 짐을 옮기느라 허리에 무리가 갔다. 며칠째 회복되지 않아서 일상을 조심해서 하는 중이다. 고민이다. 남은 줄의 길이와 고생의 크기(무게)를 재보고 여행 일정 등을 생각해본 끝에 계속 기다리는 것으로 결정했다.

엄청난 수의 사람이 루브르에 몰린다. 신(新)문화제국주의라 할 수 있을까? 문화의 관점에서 프랑스의 힘은 크다. 프랑스 자체의 문화

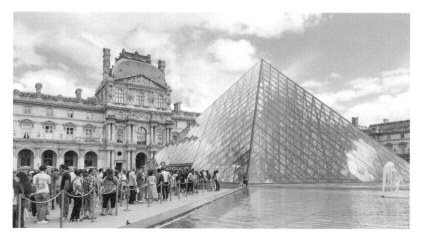

[그림 7-1] <루브르박물관 앞 관람객들> 전 세계 사람이 몰려든다.

유산도 있지만, 침략 시에도 유독 문화재 독점에 관심이 컸다. 근대사의 혼란에 빠진 우리나라에서 짧은 기간에 프랑스 공사가 직지심경을 수집(약탈)해간 걸 보면, 문화재 집착이 대단함을 알 수 있다. 이로써 50,000점에 이르는 문화재를 보유한 루브르가 세계인의 발길을 끌어들이고 있다. 역사란 참으로 묘한 것이다.

꿈쩍 않고 정체되었던 긴 줄이 갑자기 줄어든다. 그리고선 가고서고를 반복하였다. 1시간 20분 만에 건물 내부로 들어갔다. 다행이다. 시간을 번 즐거움이 크다. 가벼운 (인간이 느끼는) 감정의 확실한 기쁨이다. 급한 마음에 입구에 있는 안내 브로셔를 갖고 들어오지 못했으나 괜찮다. 박물관 구조를 어렴풋이 알고 있으니, 눈치껏 돌아다니면 되리라.

곧바로 마주친 쉴리관(Sully Salle)에 들어가니 0층에 이집트 유적의 방이 있다. 처음 왔을 때 시간을 많이 소비했던 곳이다. 역사 유물에 관심이 많았기에 엄청난 유적에 놀라서 상세히 들여다봤었다. 지금은 아내가 인류 역사에 흥미를 갖고 있기에 나보다 더 큰 관심이 있다. 그래도 지금은 대충대충 보고 지나가기로 했다. 미이라와 스핑크스를 쓱쓱 보고 지나쳤다.

쉴리관 1층으로 올라오니 나폴리(Naples) 특별전이 열리고 있다. 첫 전시관을 휙 둘러본 후에 더 이동하니 드농관 1층에 이르렀다. 르네상스 후기 화가들의 그림이 나온다. 이탈리아 미술관에서 많이 보던 화가들이다. 내가 좋아하는 루이니(Bernardino Luini) 작품이 먼저 나온다. 수많은 화가가 그렸던 주제의 '세례자 성 요한의 머리를 든 살로메'부터 성모와 아기 예수를 담은 그림들이 연속 전시되어 있다. 다빈치의 영향을 많이 받았다고 하는데, 그의 부드러운 표현이 이상하게도 나의 눈길을 끈다. 그리고 옆에 레오나르도 다빈치 작품과 그 외 그림들이 있다.

바로 옆의 별도 방에는 모나리자가 있다. 엄청나게 큰 방에 발 디딜

[그림 7-2] <루이니의 세례자 성 요한의 머리를 든 살로메>

틈도 없이 사람이 가득 찼다. 엄두가 나지 않아서 멀리 문밖에서 카메라 줌을 당겨서 몇 컷을 찍어보았다. 너무 멀어서 확대해봐도 그림이 흐릿하다. 그걸로 됐다. 우리는 예전에 자세히 봤으니, 그러지 못했던 사람들에게 모나리자를 넘겨주고 다음 전시관으로 이동했다. 이어서 라파엘과 그 외 이탈리아 화가들의 그림이 나폴리 특별전과

뒤섞여서 전시되어 있다. 언제봐도 좋은, 마음을 부드럽게 채워주는 성화들이 가득하다.

　계속 가다보니 스페인 회화의 방이 나온다. 엘그레코를 만났다. 몇 점 되지는 않지만, 눈에 띈다. 프라도미술관에서 엘그레코의 많은 작품을 즐기던 때가 떠올랐다. 지금 생각해보니 그땐 젊었다. 누구나 말하는 신파 같은 얘기지만, 실제 느끼는 감정이 그렇다.

　프랑스 회화가 전시된 쪽으로 갔다. 들라크루아(Delacroix) 그림이 전시된 방으로 가니 사람이 많다. 푸뤼동(Prud'hon), 앵그레(Ingres), 다비드(Jaques-Louis David) 등의 그림이 함께 있는 대형 전시관이다. 가장 유명한 방 중 하나이다. 전시관 그림들을 360도 회전하며 동영상을 찍었다. 아내의 브이로그 준비를 위해서다. 그녀의 새 취미인 브이로그 유튜브에 나는 적극 지지자이자 팬이다. 아내는 지금 사진과 동영상을 찍느라 바쁘다. 그림에 대해 상당한 식견을 가진 그녀가 가장 즐기는 순간 중 하나이다. 나도 그녀를 돕는다. 어쨌든 나도 그림보기를 좋아하고, 그동안 아내와 많은 시간을 아트뮤지엄에서 보냈다. 앞으로도 그럴 것이다. 들라크루아의 유명한 그림, 민중을 이끄는 자유의 여신(1830)은 언제봐도 멋진 그림이다. 메시지가 강하게 전해져 온다. 눈에 익은 앵그레의 그랑드 오달리스크(1814)도 있다. 이 그림에 대해 비판적 평가가 있다고 하지만 실력만큼은 탁월함을 인정치 않을 수 없다.

　쟈크루이 다비드의 대작들이 눈에 확 들어온다. 어마어마한 규모의 나폴레옹의 대관식(1807) 그림이 압도적이다. 아쉽게도 알프스를 넘는 나폴레옹(1801)은 보이지 않는다. 대여 중인 모양이다. 사비니의 여인들(Les Sabines, 1799)도 좋다. 아내는 마라의 죽음(Death of Marat, 1793)에 시선

[그림 7-3] <다비드의 마라의 죽음>

이 끌린다고 한다. 가까이 보니 피가 막 흘러나오는 터치가 예사롭지 않다. 혁명가의 일원이었던 마라가 살해당한 장면이라고 한다. 다비드의 모든 그림이 지금 보니 사실적이면서 상징적이다. 정치 화가라고 비판적인 시각으로 평가받기도 한다는데, 어쨌든 역사적 사건을 사실적으로 상징화하고자 애쓰는 그의 의도가 나는 잘 이해된다. 신화보다 역사를 선택한 그가 흥미롭다.

여러 전시관을 바삐 돌아다니다가 리슐리외관 2층에서 17세기 네덜란드 회화의 방에 다다랐다. 렘브란트가 기다리고 있다. 오늘 가장 놀란 순간이다. 그의 그림 중 성 마테오와 천사(1661)를 보니 아주 좋다. 가까이서 자세히 보니 표정, 눈빛, 이마주름, 손 등 모든 터치가 이루 말할 수 없이 정교하고 강렬하게 잘 표현되어 있다. 이 방에 있는 모든 작품이 그렇다. 렘브란트를 이렇게 가까이 자세히 관찰하고 느끼며 볼 기회가 없었다. 이번 관람에서 얻은 가장 큰 소득(?)이다. 놀라웠다. 렘브란트를 새로 알게 되었다. 렘브란트의 그림이 다소 어둡고 지루한 소재를 다루고 있어서 그다지 내 관심을 끌지 못했으나, 이번에 크게 감탄했다. 아티스트로서 우리 둘째 아들이 가장 존경하는 화가로 렘브란트를 꼽던 이유를 이제 알겠다.

나머지 네덜란드/북유럽 화가의 작품을 보고 있노라니 직원(봉사자?)들이 문 닫을 시간이라며 서두르라고 한다. 이쪽이 끝방이다. 그래서 우리의 동선을 따라 문을 닫는다. 달리 말하면, 마지막 손님이 나가기를 기다리는 음식점 직원 같다. 재밌는 일이다.

[그림 7-4] <렘브란트의 성마테오와 천사>

어쨌든 이제 나가야 한다. 아무것도 먹지 못했다. 미련을 털고 뮤지엄을 나왔다. 오늘의 미션을 완수했다.

루브르 북쪽 길로 가서 베트남식당을 찾았다. 쌀국수 두 종류를 시켜서 나눠서 먹었다. 나도 아내도 만족스러운 순간이다. 여행의 하루를 잘 마치는 건 중요하다. 다음날의 여정이 더 좋아지기 때문이다. 일정을 잘 마친 후, 속이 풀리는 시원한 쌀국수로 빈속을 채우니 즐겁다.

산책하며 동네를 걸었다. 아시안 음식점이 많은 거리다. 둘러보며 걷다가, 인근에 한인마트인 에이스(Ace)마트에 가서 김치와 (아내가 좋아하는) 죠리퐁을 샀다. M13 타고 샤틀레역으로 와서 M4로 갈아탔다. 금방 집에 도착했다. 죠리퐁에 우유를 부어 디저트로 먹으니 맛있다. 하루 일정이 끝났다.

오늘의 걷기: 15,132 걸음

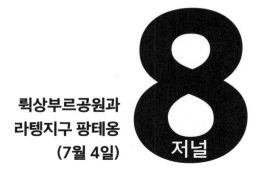

뤽상부르공원과
라텡지구 팡테옹
(7월 4일)

저널

연일 강행군이다. 젊은이 입장으로 보면 널널한 여행일 수도 있겠다. 새벽에 깨서 저널을 쓰고 다시 잤다. 눈을 뜨니 창문 밖이 투명하게 밝아지고 있다. 7시36분이다. 침대에 누운 채로 스트레칭을 하며 몸을 깨우고 있다. 중정 건너 담장의 벽돌이 아침 햇살을 받아 부드러운 베이지색이 되었다. 내 마음을 부드럽게 감싸준다. 기분이 좋다. 몸 구석구석 아프지만, 그만큼 아늑하고 편안하다. 옆에 잠들어 있는 아내도 편안하게 보인다.

뤽상부르공원(Jardin du Luxembourg)의 조찬(아침)

아침 식사를 겸한 산책을 위해 9시15분에 나섰다. 얼굴이 부었다. 아내가 밖에서 보니 더 부어 보인다고 한다. 몸이 신호를 보내는 것이다. 오데옹극장이 3분만에 나타났다. 이렇게 가까웠나 싶다. 유명한 바게트 집이라는 파리지엔-마담(La Parisienne Madame)이라는 빵집으로 10분 정도를 걸어갔다. 이 집의 대표 식품인 바게트를 사고 샐러드와 단 디저트도 샀다. 매년 파리 최고의 바게트를 선정하는데 2016년에 우승한 집이란다. 프랑스 사람들에게는 바게트가 우리의 밥만큼 중요하다고 한다. 그래서 가격이 싸다. 정부에서도 가격 인상을 규제하는 모양이다. 아침 식사를 '맛' 바게트로 하려고 여기까지 산책 나왔다. 빵집이 그다지 크지 않다. 갑자기 손님들이 밀려들어서 서둘러 아메리카노 두 개까지 사서 근처 뤽상부르공원으로 갔다.

아침 공원에 청량한 바람이 든다. 조깅 하는 사람들, 선생님과 함께 이동하는 초등학생들, 공원을 가로지르며 출근하는 근처 직장인들, 그리고 부지런한 아침형 관광객들이 이미 공원을 채우고 있다. 벤치에 앉아 바게트와 커피로 아침 식사를 하면서 지나가는 사람들을 구경하였다. 바게트 맛이 놀랄 정도다. 겉이 바삭하고 속이 촉촉하다는 기본공식이 만들어내는 맛이 일품이다. 정말 맛있다. 나는 반찬 없이 밥에 물 말아서 먹는 걸 가끔 즐긴다. 밥 고유의 맛을 좋아한다. 그런

[그림 8-1] <아침의 뤽상부르공원: 중앙 분수대와 광장>

데 이 바게트가 그렇다. 빵 자체로 맛있다. 원래 빵을 그다지 좋아하지 않던 내가 근래 10여년간 아침으로 빵을 자주 먹다보니 익숙해졌다. 그렇지만 빵 자체가 밥처럼 느껴진 건 처음이다. 크로아상과 바게트를 밥으로 먹는 프랑스인의 삶을 좀 더 이해하게 되었다. 공원에서 아내와 함께하는 즐거운 식사가 내 몸과 마음을 "fresh" 하게 채워줬다.

뤽상부르궁 쪽에서 10시45분 벨이 울릴 때 일어섰다. 15분마다 울린다. 돌아오는 길목에 있는 메디치 분수(Fontaine Médicis)가 아침 햇살을 받아 이 아침을 더 새롭게 만들어주고 있다. 분수대 물 위에 이탈리아풍의 조형물과 주변의 정원수들이 거울처럼 비쳐진 모습이 지극히 아름답다. 잠시 멍하니 보다가 집을 향했다. 기분이 좋다. 집에 들러서 남은 빵과 디저트를 책상에 꺼내놓고 다시 나갔다. 파마시에(약국)에 들러서 등허리에 붙이는 패치형 파스를 더 샀다. 까르푸익스프레스에도 들러서 과일, 우유, 물 등을 사서 배낭에 넣어 매고 왔다. 집에 돌아오

[그림 8-2] <뤽상부르공원의 메디치 분수>

니 오늘 하루 할 일을 다 해버린 기분이다. 아침에 만난 뤽상부르공원이 마음을 풍족하게 채워줬다.

집에서 뒹구니 편하고 좋다. 쾌적하다. 시원한 바람이 살랑거리며 집안으로 밀려 들어온다. 허리 통증을 줄이기 위해 패치를 등에 붙이고 침대에 누웠다. 잠깐 잠들었다. 한 시간 정도를 잔 거 같다. 컨디션이 좋아졌다. 부은 얼굴이 가라앉아 피부가 부드러워진 느낌이다.

점심을 라면으로 때웠다. 허리가 약간 나아진 듯하다. 걸어봐야 한다. 몸이 어떤 신호를 보내는지 알아차리기 위해서는 움직여봐야 한다. 일단 오후 늦게까지 쉬었다. 4시반이다. 아내와 상의 끝에 라텡지구와 팡테옹까지 산책하며 관광을 하기로 했다.

파리 5구역, 라텡지구와 팡테옹

집을 나서자 2~3분 만에 소르본느 광장에 이르렀다. 이렇게 가까운 줄 몰랐다. 광장 입구에 오귀스트 콩트의 동상이 있다. 광장 옆 식당에 대학생들이 그득하다. 뭔가를 열심히 떠들며 대화하고 있다. 보기 좋다. 대학생 특유의 분위기에 젊음이 풍긴다. 대학건물의 문 앞으로 갔다. 이 학교의 교정이 어느 쪽인지 모르겠으나 이 문은 옆문 또는 후문으로 추정된다. 더 들어갈 수 없다. 대학을 배경으로 아내가 사진을 찍어줬다. "전직교수로? 명예교수로?" 농담을 주고받으며 여러 컷의 사진을 찍었다.

내 인생의 대부분을 대학에서 보냈다. 대외협력처장 시절에는 여러 나라의 대학을 방문하였다. 대학간 국제교류협력을 위해서다. 통상 자매결연을 맺는 형태로 처음 시작하는데, 내 처장 재직 중에 이십여

개의 대학과 신규 협약을 체결했다. 당시 우리학교가 글로벌 비전으로 학생들을 전 세계로 내보낼 수 있는 학사제도와 시스템을 구축하기 위해 애쓰고 있었다. 내 역할도 자연스레 자매결연 사업에 집중되었고 그로 인해 여러 대학을 방문하게 되었다. 소르본느대학은 방문할 기회가 없었다. 학교와 학생의 국제교류를 담당했던 대외협력처장(국제교류처장) 시절의 일들이 내 머리를 스쳐 지나갔다. 엊그제 같다.

소르본느 광장을 지나서 5분여를 더 가니 팡테옹이 보인다. 10여분 줄을 기다리다가 입장하니 안내인이 곧바로 지하로 내려보낸다. 유명인의 묘가 안장되어 있다. 내려가보니 아치형 Vault 별로 묘들이 들어가 있다. 루소를 먼저 찾았다. 로크와 루소가 내가 좋아하는 사상가다. 현대적인 사회계약의 개념을 만든 지성들이다. 아내에게 얘기했더니 "둘 다 이름이 존(John 로크와 Jean 자크 루소)이고 당신과 관련이 된다"라고 웃으며 말한다. 내 세례명이 사도 요한(John)이기 때문이다. 미국에서 학위논문 쓸 때, 필드 조사를 위해 내 영문 이름으로 John을 사용했다. 가장 흔한 남자 이름이다. 아무튼 루소의 사상이 프랑스대혁명에 큰 영향을 미쳤다고 하니 더 존경받을 만하다. 내겐 특히 평등과 정의의 이론적 발전에 기여한 학자로서 의미가 크다. Justice. 오랜 주제다. 미시적 관점에서 작업장 교환이론과 공정성이론을 가르쳤던 나에게 중요한 주제이다. 루소의 묘 앞에서 존경하는 마음을 표하고 사진을 찍었다. 건너편 볼트에 빅토르 위고, 에밀 졸라, 알렉상드르 뒤마의 묘가 함께 있다. 또 다른 볼트에 볼테르의 묘가 그의 동상과 함께 있다. 루소와 볼테르가 사이가 안좋았다던가. 수많은 학자, 문인들의 묘가 있는 곳, 팡테옹이 프랑스의 정신을 내게 말해주고 있었다. 이 중에 퀴리 부부의 묘가 있는 것을 밖에 나와서야 알았다. 여기 묻혀있는 유일한

[그림 8-3] <루소의 묘>　　　　　　[그림 8-4] <볼테르의 동상과 묘>

과학자들이란다. 아내가 마리 퀴리를 못 봐서 무척 아쉬워한다.

　일층으로 올라와 팡테옹의 홀과 천장 돔을 구경했다. 프랑스혁명에 관한 부조가 사면에 있다. 그리고 중앙 한복판에서 푸코의 진자가 (느리지 않게) 왕복운동을 하고 있다. 중앙 돔에서 내려온 줄이 매우 길다. 과학적 설명을 뒤로하고 진자의 움직임을 보면서 시간의 흐름과 내 삶의 흐름을 일치시켜 보았다. 내 삶은 이처럼 안정적이고 규칙적이지 못했다. 굴곡이 컸다. 그리고 지금에 이르렀다. 안정된 운동 궤적의 삶이 이제 내게 놓여있다. 이렇게 계속 나아가리라. 다짐하며 잠시동안 진자 경계의 턱에 몸을 기대고 있었다. 아내가 진자 운동을 관찰하다가 둘러싼 원 형태의 바에 쓰여있는 24시간 주기표를 따라 시간 변경을 가리키며 진자가 움직이는 것 같다고 한다. 관찰력이 뛰어나다. 진자운동이 조금씩 이동하는지 확인키 위해 4분여를 동영상으로 찍어봤다. 미세해서 곧바로 구별되지 않으나, 그런 거 같다. 나중에 자세히 다시 돌려서 봐야겠다.

　생 에티엔느 듀 몽 성당(Éclise Saint Étienne du Mont)으로 향했다. 거의 붙

어있는 정도다. 아름다운 숨겨진 보석과 같은 성당이다. 성 에티엔느가 파리의 수호성인이라고 해서 놀랐다. 성전과 채플을 여기저기 둘러보고 기도하고 나왔다. 기대에 어긋나지 않았다.

집에 오다가 저녁에 와인을 한잔하고 싶어져서 까르푸익스프레스에 들렀다. 오뜨 메독 보르도 와인 한병을 14.95유로로 샀다. 안주거리로 치즈와 과일도 샀다.

나는 물말은 밥과 김치, 아내는 남은 바게트 조각으로 저녁을 때웠다. 잠시 쉬고 나서 와인을 마셨다. 여행 중 처음 마시는 거다. 평소 술을 별로 마시지 않는 우리부부로선 오히려 큰 맘을 먹은 거다. 와인 한잔에 알딸딸해졌다. 아내도 그렇다. 즐겁고 위로가 되는 시간이다. 담소를 나누고 늦은 밤, 11시반에 취침에 들었다.

오늘의 걷기: 13,366 걸음

저널 9

오르세 미술관
(7월 5일)

다섯시에 일어났다. 아직 어스름하다. 행오버로 머리가 약간 띵하다. 많이 마시지 않아서 그나마 다행이다. 잠이 안와서 친구 K교수에게 안부 문자를 보냈다. 루소의 묘를 찍은 사진과 동영상도 보냈다. 이곳은 새벽이지만 한국은 한낮이어서 곧바로 답문이 왔다. K교수는 루소 전문가다. 평생을 '정의론' 연구에 바친 외골수 정치철학자다. 아리스토텔레스, 플라톤, 칸트, 루소, 노박 등등 정의와 사회적 관계에 대해 철학적 논의를 새롭게 제시한 학자들을 연구했다. 칸트? 칸트도 해당되는 지는 모르겠다. 아무튼 내 가까운 절친이다. 아내도 아는 친구다. 잘 지내고 있단다. 나보다 1년 먼저 퇴임했으니 이제 은퇴생활이 익숙해졌을 만하다. K교수가 저작한 루소 평전에 대해 짧게 얘기를 나누었다. 자기 책 안쪽 표지에 루소 묘 사진이 실려있다고 한다. 초가을에 보기로 했다.

오늘은 오르세 미술관에 갈 생각이다. 아침부터 비가 뿌린다. 쌀쌀하다. 점퍼를 입고 우산도 쓰고 단단히 준비해서 나왔다. 오데옹역에서 M4를 타니 금방 도착한다. 파업과 시위의 영향이 이제는 별로 없는 듯하다.

오르세 미술관

미술관 입구에 서 있는 사람들이 많지 않다. 의외였다. 날씨가 흐려서 햇빛이 없으니 기다리기에도 좋다. 줄을 서고 40분 만에 물품검사를 마치고 안으로 들어갔다. 운이 좋다. 역 청사 모양의 오르세 미술관이 우리를 반갑게 맞이했다.

[그림 9-1] <부르델의 활을 쏘는 헤라클레스>

1층에 있는 조각상을 먼저 둘러 보았다. 우리식으로 하면 2층이 되겠다. 로댕을 다시 만났다. 로댕박물관에서 본 작품과 동일한 조형의 다른 소재 조각상이 여럿 있다. 로댕박물관 관람 후에 다시 보니 새롭다. 앙투안 부르델

작품도 여러 개 보인다. 그의 대표작 활을 쏘는 헤라클레스(Hercules the Archer, 1909)가 눈길을 끈다. 정말 역동적인 힘이 느껴지는 작품이다. 프랑수아 폼폰(Francois Pompon)의 북극곰(Ours Blanc)도 보인다. 까미유 클로델도 있다. 성숙의 시대(L'Age Mur, 1899)라는 작품인데, 까미유 자신으로 보이는 애원하는 몸짓의 여인이 애처롭다. 영화 속 이자벨 아자니가 자꾸 떠오른다.

1층에도 회화 전시관이 있다. 몇 군데 들어가서 보다가 곧바로 2층으로 올라갔다. (우리식으로는 3층인) 2층 전시관에서 마네와 드가의 특별전시가 열리고 있다. 오르세 미술관이 뉴욕 메트로폴리탄 뮤지엄과 협력하여 기획한

[그림 9-2] <클로델의 성숙의 시대>

행사이다. 잘 기획된 전시전이었다. 두 화가의 관계를 조명하면서 작품을 대비시키는 전시방식이 좋은 배움을 주었다. 같은 대상을 다르게 그렸던 인상주의 화가들의 대표적인 예인가 보다. 오르세 미술관과 뉴욕메트뮤지엄, 그리고 워싱턴DC 내셔널갤러리, 런던 내셔널갤러리 작품이 다수 전시되었다. 그 외에도 전 세계 여러 미술관의 소장품이 전시되었다. 마네와 드가의 대부분 작품이 모아진 듯하다. 두 화가의 수많은 작품을 감상할 수 있는 풍성한 잔치였다.

두 살 차이의 동시대 화가인데 가까운 친구였고 서로 논쟁과 '다름

[그림 9-3] <드가의 터브(Le Tub)>와 <마네의 욕조에 있는 여자(Femme Dans Un Tub)>

의 다툼'도 있었던 사이였다는 게 흥미로웠다. 두 사람의 작품을 나란히 대비시켜 놓아서, 볼 때마다 감동이 왔다. 미술의 한 특성을 알게 된 느낌이었다. 아내도 몰입해서 봤다. 우리 마음이 터치되는 느낌으로 특별전시를 모두 관람하고 나왔다. 서로 느끼고 생각한 점을 나누었다. 아내가 나보다 더 감동을 받은 듯하다. 그림을 좋아하는 사람이다. 그리기도 좋아하고.

즐거움이 가득한 시간이었다. 전시 마지막 방의 벽에 쓰여있는, 드가가 갑자기 사망한 마네의 장례식에서 "그는 우리가 생각한 것보다 더 위대한 화가였다"는 말이 계속 귀에 들려온다.

밖으로 나와 기념품점에 들러서 이번 전시를 설명하는 책을 샀다. 영어책이 없어서 불어책을 샀다. 아내가 불어 공부 겸해서 보겠다고 한다. 두 사람의 비슷하지만 다른 그림이 들어있는 마그넷도 한 개씩 샀다.

이후 동선으로 0층에 있는 조각과 그림을 대충 둘러보았다. 한달 쯤 후 8월 8일에 인터넷 예약으로 다시 오기로 되어있으니 그때 자세히 보기로 하였다. 곧바로 인상파 화가

[그림 9-4] <마네의 불로뉴 쉬르 메르 해변에서 (On the Beach, Boulogne-sur-Mer, 1868)>, 버지니아미술관 폴-멜론 컬렉션, <드가의 해수욕장, 하녀가 빗질하는 어린 소녀(Bains de mer. Petite fille peignée par sa bonne, 1869-1870)>, 런던 내셔널갤러리 소장. 불로뉴 쉬르 메르는 프랑스 북부 칼레 지역의 도시이다. 배경의 유사함을 보면, 드가의 그림도 이 해변에서 그려진 모양이다. 두 사람의 드로잉과 채색에서 미묘한 차이가 있다.

들이 있는 5층으로 올라갔다. 사람이 많다. 마네와 모네, 세잔과 르누아르, 그리고 고갱과 고흐를 만났다. 미술 역사의 전성기로 들어갔다. 강렬하고 은은한 각각의 'Impression'을 주는 명화들이 전시된 방을 누비고 다니다 보니, 말할 수 없이 즐거움이 크다. 내가 좋아하는 화가들이 여기 모여있다.

고흐를 만남

마지막 방, 고흐에 이르렀다. 빈센트 반 고흐는 내게 충격을 준 화가다. 고등학생 시절에 고흐의 불타오르듯 소용돌이치는 그림에서 스탕달 신드롬에 가까운 충격을 받았다. 이후 내 최고의 화가가 되었다. 이번 프랑스 소도시 여행의 첫 방문지가 오베르 쉬르 우아즈(Auvers-sur-Oise)이다. 고흐가 마지막 작업을 한 도시, 세상을 떠난 곳이다. 오래전 남부 프로방스 지방의 중세도시 아를(Arles)을 방문하여 고흐를 만난 것과 똑같은 목적이다. 일종의 순례다.

고흐의 그림들이 하나하나 나를 맞이해준다. 그의 대표작 중 하나인 아를의 침실(1889)이 나를 반겨준다. 아내와 함께 머물던 아를의 숙소가 생각나서 기분이 들뜬다. 암스테르담의 반고흐미술관에서 제1버전을 보고 난 이후 다시보게 되는 작품이다. 밝고 온화한 기분을 돋워주는 명작이다. 총 3개의 작품이 있다고 알려진 것 중에서 하나를 여기 오르세에서 만났다. 그림을 배경으로 아

[그림 9-5] <고흐의 아를의 침실>

[그림 9-6] <고흐의 별이 빛나는 밤에>

내와 서로 사진을 찍어주었다.

그리고 고흐의 최고의 작품인 론강의 별이 빛나는 밤에(Starry Night Over the Rhône, 1888) 앞에 섰다. 한참 동안 보면서 고흐의 삶을, 고흐가 작업하는 모습을 떠올렸다. 고흐 그림의 배경이 된 아를의 론강을 직접 찾아가 봤었는데, 그때의 우리 여행이 회상되었다. 아내와 들뜬 마음으로 고흐의 흔적을 찾아보던, 얼떨떨하고 흥분되었던 감정이 살풋이 되살아났다. 이 그림의 론강에 투영된 야경 빛에 흔들리는 물결은 보는 이를 그대로 빨아들인다. 뭐라 표현할 길이 없다. 내가 좋아하고 즐겨 부르던 돈 맥클린의 노래, 'Vincent'가 귓가에 맴돈다. 즐거움과 설렘이 일었다. 사진도 찍고 동영상도 찍었다. 관람자가 많아서 민폐를 끼치지 않으려 조심했다. 고흐 '형님'에게도 누가 되지 않게 하려는 마음(팬심)이다.

즐거움을 뒤로하고 오늘 관람을 마칠 시간이다. 벌써 5시반이다. 12시에 들어왔으니 시간이 많이 지났다. 나가다가 아쉬워서 돌아서서 전시관을 한 바퀴 휙 돌아서 다시 Starry Night 앞으로 갔다. 가만히 응시하고서 그림 속 물결을 따라 내가 흔들리는 걸 보았다. 몇 분의 시간을 더 쓴 후에 오늘의 관람을 마쳤다. 마음을 한바탕 씻어낸, 영혼(soul) 샤워를 한 기분이다. 최고의 시간이었다. 내 인터넷 아이디가 고흐○○(gogh-○○)이다. 보상을 받았다.

오르세 미술관을 나와서 M12를 타고 봉막셰 백화점으로 갔다. 스위스와 아이슬란드의 추운 날씨에 대비하여 아내의 두터운 긴팔 셔츠와 코트를 샀다. 백화점 식품관 내 추천 빵집에서 내일 아침 먹거리도 사고, 옆 라인에서 파는 한중 혼식 도시락으로 저녁을 먹었다. 아내는 이런 시간을 좋아한다. 오늘도 즐겁고 만족해한다. 지켜보는 나도 즐겁다.

귀갓길을 검색해보니 "지하철 대폭 지연"이라고 떠 있다. 고민되었지만 걷기에는 너무 멀다. 짐도 많다. 일단 들어가서 오래 기다리더라도 지하철을 타기로 했다. 역에 들어가 보니 2분 후에 온다고 쓰여있고, 실제로 2분 후에 왔다. 어설프게 포기하지 말고 시도해보는 게 중요하다는 걸 새삼 느꼈다. 시위가 잦아지는 걸까 걱정되었지만, 우리의 여행은 계속될 것이다. 집에 무사히 돌아와서 오늘 하루를 돌아보며 쉬었다. 좋은 하루였다.

오늘의 걷기: 12,457 걸음

오페라 가르니에,
'마농의 역사' 관람
(7월 6일)

10 저녁

　열흘간의 파리 여행이 끝나간다. 오늘은 스위스 여행 전에 여행 짐을 리옹역(Gar de Lyon)에 미리 맡겨야 한다. 내일 아침 일찍 출발하기 때문이다. 오늘 저녁에는 오페라 가르니에로 가서 발레를 관람하는 일정이 있다.

　감기 기운이 있다. 목이 간질간질하다. 타이레놀을 먹고 비타민 C도 먹었다. 더 아프지 않기를 소망한다. 발가락 물집은 거의 다 나았다.

　군대서 '100킬로미터 급속행군'을 하며 물집이 문드러지고 염증이 생겨서 고생했었다. 하루 24시간 이내에 전 부대원 낙오없이 목적지에 도착하는 단체행군이다. 체력이 약한 나와 같은 사람에겐 고통이 크다. 체력이 강한 동료는 다른 사람 군장을 떠맡으면서 함께 행군한다. 모두가 24시간 안에 들어와야 하기 때문이다. 잠을 자지 않고 걷는 것이니 그 힘든 정도가 어느 정도인지 짐작조차 하기 힘들다. 1년에 한 번씩 사단 내 대대 단위의 부대 간에 시간 단축 경쟁을 한다. 한마디로 무지막지한 훈련이자 경쟁게임이다. 전투력 증진에 큰 도움이 될 거라고 한다. 육체적으로 큰 고생을 해보지 않고 (그 당시 말로 귀하게) 컸던 나로서는 충격적인 경험이었다. 신병 훈련 때의 고통은 비할 바가 아니었다. 그럼에도 이 모든 걸 거뜬히 해내는 사람들을 보면 신기하고 부러웠다. 옛날 옛적 얘기다. 나는 대학 졸업 후 1980년대 초반에 군대 생활을 했다. 그러니 아주 오래전 얘기다. 하지만 많이 걷거나 발바닥이 아플 땐 항상 생각나는 내 과거 경험의 하나이다.

우버를 이용해서 아침에 싼 큰 짐가방 두 개를 싣고 리옹역으로 갔다. 내니백(Nannybag) 서비스라는 것인데, 여행객의 짐을 장기간 보관해주고 비용은 하루에 6유로이다. 다행히 스위스 여행 후에 머물게 될 호텔에서 이 서비스를 제공하는 것을 알았다. 잘 맞아 떨어졌다.

여행 짐을 맡기고 나니 해방된 거 같다. 가벼운 기분으로 집에 돌아왔다. 점심식사를 준비하다가 현금을 아까 맡긴 짐가방 안에 넣어둔 것을 뒤늦게 알아차렸다. 곤란한 상황이다. 다시 가서 찾아야 한다. 정말 귀찮은 일이다. 막 점심을 먹으려는데 아내가 불안해한다. 밥은 나중에 먹고 지금 가보자고 한다. 이렇게 불안해하는 건 과거의 기억 때문이다.

회상
2010년 우리부부의 첫 유럽 자동차여행 때의 일이다. 여행 17일째 스페인 바로셀로나를 출발하여 8시간 정도의 긴 드라이브로 안달루시아

지방의 그라나다에 가는 날이었다. 젊었을 때이니 가능한 이동거리다. 세 시간 정도 달려 발렌시아가 가까워졌을 때 휴게소에 들렀다. 휴게소에 놀라우리만큼 많은 종류의 맛있는 해산물 음식들이 있었고 옆 가게에서는 발렌시아 오렌지를 팔고 있었다. 당연히 주저앉아 맛있게 음식을 사 먹고 오렌지도 샀다. 기분 좋게 식사를 마치고 음식 칭찬을 하며 차에 돌아와서 지체된 일정을 메우려 서둘러 시동을 걸고 고속도로를 달렸다. 한참을 달리니 갑자기 계기판에 빨간 신호가 뜬다. 아내가 운전 중이었는데, 옆좌석에서 이상신호를 발견하고 말해줬다. 그렇지 않아도 차가 잘 나가지 않는 거 같아서 이상하다고 생각했단다. 가속 페달을 밟아도 속도가 올라가지 않는다. 급기야 차가 심하게 덜컹거려 갓길에 차를 세웠다. 뒷바퀴가 완전히 나간 상태다.

당황해서 우왕좌왕하다가 문득 정신을 차리고 돌아보니 뒷좌석에 놓아두었던 가방이 없어졌다. 이럴 수가. 모두 가져갔다. 가방 속에 여권, 노트북, 그리고 여행경비 2천유로가 없어졌다. 당시 유럽에서는 여행 중 현금을 꽤 쓰던 시절이다. 최대한 아껴 쓰면서 남겨 가지고 있던 현금을 몽땅 잃어버렸다. 렌터카 뒷좌석에 탐나는 물건이 있으니 제물이 될밖에. 자동차 주인이 금방 나올지 모르니 추격을 막으려고 그랬나, 훔쳐 간 자들이 뒷바퀴를 칼로 찢어 놓았다. 그것도 모르고 룰루랄라 하며 달렸으니 기가 막혔다. 한마디로 패닉에 빠졌다. 금요일 오후 시간에 한국 대사관으로 연락하고 등등 복잡한 과정을 거치고, 보충용(스페어) 타이어로 갈아 끼우고 있는데 도로공사 차량처럼 생긴 차가 다가왔다. 기사가 무슨 일이냐고 물어보길래 영어로 설명했는데, 잘 못 알아듣는다. 어쨌든 고개를 끄덕이며 떠났던 기사가 10분쯤 후에 다시 왔다. 우리 가방을 찾아왔다. 갓길에 버려진 걸 발견했단다. 돈과 컴퓨터는 없어졌고 여권만 남아있다.

그거라도 다행이라 생각하고 조그만 스페어(보조)타이어에 의존하여 발렌시아 시내로 가서, 정식 타이어로 갈아 끼우고 이후 여행을 다시 시작했다. 최대한 맘 상하지 않으려 평정심을 찾고 밀린 일정을 잘 소화해가며 여행을 계속하였다.

누굴까? 젊은 비행청소년들? 집시? 알 수 없다. 확률적으로 지목받는 대상은 집시다. 그렇다고 집시를 지탄할 수 없다. 그들이 처한 사회적 압박을 이해하기 때문이다. 이 사건 이후에도 나는 집시를 부정적으로 보거나 비난한 적이 없다. 어쨌든 이후 여행에서 안전의식이 커진 사건이다. 오늘도 이 상황이 불안하게 느껴지는 이유의 하나다.

아내를 달래서 점심 라면을 후딱 먹고, 다시 나섰다. 다행히 그대로 있다. 안도하며 돈을 챙겼다. 담당직원이 바뀌었는데 그녀 역시 친절하다. 프랑스 직원, 일반인 모두 예의 바르고 친절하다. 일반적인 고정관념과 다르게 보인다. 스위스 여행 후 계획된 프랑스 소도시 여행까지 마치고 종합 평가를 해보겠다.

집에 와서 한 시간 정도를 쓰러져 잤다. 감기 기운이 있어서 타이레놀을 먹었다. 리옹역에 다시 가서 돈 찾고 돌아올 땐 지하철에서 졸면서 왔었다. 아내도 쓰러져 잤다. 그녀의 표현에 따르면, 몸이 '젖은 솜 뭉치' 같다. 한 시간여를 쉬고서 5시30분에 집을 나섰다. 컨디션이 다소 나아진 것 같다.

오페라 가르니에
발레 [마농의 역사(L'Histoire de Manon)]를 보기 위해 오페라 가르니에로 갔다. 세계적인 오페라극장답게 화려하고 웅장하다. 바스티유극장과 달리 고전적인 분위기가 물씬 나는 극장이다. 천천히 즐길 여유 시간이 없어서 공연 후에 돌아보기로 했다. 길 건너의 라파이예트 백화점 내 식당에서 간단한 저녁을 주문했었는데, 요리가 늦게 나온 탓에 급히 저녁을 먹고서 거의 뛰다시피 해서 극장으로 왔다.

[마농의 역사]는 우리에게 잘 알려진 소설 마농레스코를 오페라 발레로 만든 것이다. 영국의 세계적인 안무가인 케네스 맥밀란(Kenneth McMillan)이 1974년에 드라마 발레로 만들어서 영국의 로얄발레단에서 공연을 했다. 안내 책자에 있는 설명에 따르면, 파리오페라단에서는 1830년에 쟝-피에르 오뫼(Jean-Pierre Aumer)의 안무로 처음 만들어진 판토마임 발레로 [마농]이 있었다. 이후 케네스 맥밀란의 작품이 1990년에 파리

오페라단에 초빙되어 공연되었고 정규 레파토리로 채택되었다고 한다. 전체 내용은 원작 소설과 같고, 1막과 2막은 파리에서, 3막은 뉴올리언스를 배경으로 하는 3막 형식의 오페라 구성을 따르고 있다.

공연이 시작되고 잠시 후에 여주인공이 나오는데 언뜻 보니 한국인 같다. 어, 하면서 지켜보니 틀림없는 한국인이다. 맞다. 오늘 공연에서 주인공 마농역을 박세은양이 맡았다. 파리오페라발레단에서

[그림 10-1] <케네스 맥밀란의 마농의 역사>

에투알(수석무용수)로 활약 중인 자랑스러운 한국인이다.

베를린에서 도이치오페라단(Deutche Oper)의 2017년 라보엠 공연에 남자 주연으로 출연하여 훌륭하게 연기했던 강요셉이 생각났다. 공연 시작하고 남자 주인공 로돌포가 나오는데 얼마나 놀랐던지, 지금도 강요셉이 노래를 부르며 등장하던 첫 씬이 눈에 선하다. 사전에 예정된 남자 주인공 역의 테너가 개인적인 문제가 생겨서, 뉴욕메트오페라에서 활동 중인 강요셉 테너를 급히 초대해서 주연을 맡긴 것이었다. 강요셉은 라보엠 공연에서는 세계 최고의 테너 중 한 사람이다. 강요셉이 부르는 아리아 '그대의 차가운 손(Che gelida manina)'은 너무나 감동적이었다. 가히 파바로티에 버금가는 정도라 할 수 있다. 놀랍지 않은가. 한국인은 예술 재능을 타고난 거 같다.

오늘 또한번 놀랐다. 맨 뒷자리라서 출연자의 섬세한 연기를 보기 어려웠는데, 다행히 망원경을 가지고 갔기에 자세히 볼 수 있었다. 세은양의 우아하면서 힘찬 춤이 탄성을 자아낸다. 깊고 풍부한 연기가 더해져서 관객을 몰입시켰다. 공연이 세 시간 가까이 진행되었고 자리가 좁아서 힘들기도 했지만, 시종일관 즐겁게 봤다. 한국인 박세은양이 마농이라니. 깜짝 놀랐다. 현장에서 나눠준 브로셔에 영문 이름 "Sae Eun Park"이 적혀있다. 뿌듯하다. 멋지고 우아한 자세와 몸짓으로 가르니에를 꽉 채운 관객을 사로잡았다. 춤사위라는 표현을 써도 좋겠다. 공연 내내 집중하며 봤다. 나뿐 아니라 아내도, 내 앞뒤 좌우의 관람객들 모두가 숨죽여 지켜본 공연이었다. 마음으로 큰 칭찬과 축하를 보냈다.

공연이 끝나자 우리는 기념사진을 찍기 위해 남았다. 그러자 뒤에

[그림 10-2] <커튼콜 맨 앞줄 가운데에 마농 역의 박세은>

[그림 10-3] <오페라 가르니에의 천장화, 샤갈 작>

앉아있던 한국인 젊은 커플이 극장 천장의 그림이 샤갈의 작품이라고 귀띔해준다. 아하, 그렇구나. 멋진 그림이 극장 천장에 그려져 있다. 파리를 사랑했던 샤갈이 의뢰받고 무료로 그려준 그림이란다. 무희들이 등장하는 화려하고 환상적인 작품이다. 즐겁게 아내와 극장 내부와 바깥쪽 화려한 홀을 감상하고 사진도 찍었다. 중국인으로 보이는 세련된 커플이 사진을 부탁해서 찍어주었더니, 우리도 찍어준단다. 핸드폰을 넘겼더니 여러 자세로 사진 각도를 잡아본다. 와, 정말 잘 찍었다. 나보다 감각이 훨씬 좋다.

귀갓길에도 지하철을 타고 왔다. 숙소에 돌아오니 밤 11시다. 다시 녹초가 되었다. 파리 여행을 마쳤다. 내일 새벽에 스위스 여행을 출발해야 한다. 어서 자자.

오늘의 걷기: 12,766 걸음
10일간의 걷기 총계: 157,608 걸음

파리 여행 일지

(에펠지구 4박, 에어비앤비 Villa Croix Nivert)

6/27(화) 파리 CDG공항 3:30pm 도착, 공항택시, 숙소에 6pm 도착

　　　　저녁/야경: 에펠탑 & 에펠공원

6/28(수) 오후: 콩코르드광장, 튈르리공원, 루브르광장, 생 메리 성당, 퐁피두센터, 마레지구, 바스티유광장

　　　　저녁: 오페라 바스티유, [Signes], 파리오페라발레단 (8pm~9:30pm)

6/29(목) 오전 휴식

　　　　오후: 프티팔레, 센강, 알렉상드르3세 다리, 팔레 드 도쿄, 파리시립 현대미술관

6/30(금) 오전: 로댕미술관

　　　　오후: 몽마르트르, 샤크레쾨르 대성당, 화가의 거리

(생제르맹 데 프레 6박, 에어비앤비 Rue Antoine Dubois)

7/1(토) 오후: 생 미쉘 광장, 생트샤펠, 콩시에르주리, 시테섬, 퐁뇌프

　　　　저녁: 오데옹광장, 뤽상부르공원

7/2(일) 오전/오후: 생 쉴피스 성당(주일미사), 생 제르맹 수도원교회

　　　　오후/저녁: 위고기념관, 보쥬광장, 바스티유광장, 생마르탱운하

7/3(월) 오후: 루브르 박물관

7/4(화) 오전: 뤽상부르공원

　　　　오후: 소르본느광장, 팡테옹, 생 에티엔느 듀몽 성당

7/5(수) 오전/오후: 오르셰 미술관

　　　　저녁: 봉막쉐 백화점

7/6(목) 오전: 짐 맡기기 Nannybag Service 위탁

　　　　저녁: 오페라 가르니에, [마농의 역사], 파리오페라발레단 (7:30pm~10pm)

7/7(금) 스위스 여행, 파리 리옹역 출발 (07:22am)

2부.
스위스의 자연을 만나다

스위스 여행은 8박 9일의 기차여행이다. 일주일간 무제한으로 스위스 내에서 기차를 탈 수 있는 스위스패스를 미리 구입했다. 내 기억 속에 스위스는 대자연 앞에서 홀로 서서 감탄하고 에너지를 충전한 곳이다. 이제 아내와 동행하는 스위스 여행을 앞두고 있다. 알프스의 스위스가 우리에게 어떤 모습을 보여줄지 기대된다.

11

TGV로 스위스에, 바젤 경유 루체른으로 (7월 7일)

새벽에 일어났다. 감기 기운이 조금 나아진 듯하다. 어제 오후보다 내 몸의 상태가 좋아졌다. 기운이 다소 회복된 것을 느낀다. 일어나자마자 짐을 쌌다. 7시5분 기차를 예약했으니 이 고생은 자초한 거다. 원래 새벽이동은 여행의 하루를 벌기 위해 계획한다. 힘들지만 부지런히 움직이면 여행시간이라는 보상이 따른다. 그리고 이동하면서 아침을 맞이하면 뿌듯해진다.

그러나, 나이를 고려치 않은 부지런함은 대가를 치른다. 욕심이 빚어낸 여파가 커질 수 있다. 무사히 건강하게 오늘을 보낼 수 있기를 희망하며 짐을 쌌다. 에어비앤비는 뒷정리와 청소가 보통 일이 아니다. 아래층 쓰레기장을 다녀오고 정리하고 등등을 서둘러 마치고 제시간에 집을 나설 수 있었다.

[그림 11-1] 아침에 붐비는 리옹역

파리 리옹역에 6시35분에 도착했다. 리옹역이 아침 일찍부터 붐빈다. 기차시간을 다시 확인하고 아내가 안도한다. 7시5분 출발인 줄로 알고 불안해했는데 e티켓을 꺼내 보니 7시22분 출발이다. 여유가 생겼다. 떼제베(TGV Lylia) 쮜리히(Zurich) 행이다. 우리는 바젤에서 내려서 스위스 기차를 타고 루체른으로 간다. 드디어 스위스 기차여행이 시작되었다.

떼제베가 쾌속으로 달리고 있다. 차창 밖으로 노란색 밀밭이 끝없이 펼쳐진다. 파리를 중심으로 일드프랑스 지역에 광활한 평야가 있다. 그런데 벌써 추수가 끝났나. 밀밭이 일부가 수확을 끝낸 후의 모습이다. 밀레의 만종이 이 시기쯤에 그려진 건가. 만종에서 기도하는 사람들이 행복한가 어쩐가 등을 생각해본다. 그 시대라고 해도 가난한 농부라서 무조건 불행한 건 아닐 테다. 밀레 본인이 가난한 농부의 아들이라 했으니 그 복잡한 심경을 내가 다 헤아릴 수는 없겠다. 밀레가 이념적 해석을 극도로 싫어했다던 얘기를 들었다. 오르셰 미술관의 밀레 그림을 그저께 관람하지 못했다. 다음 가는 날에 꼭 봐야겠다.

구글 검색을 해보니 이즈음 시기가 프랑스 밀 수확기가 맞다. 여름이 시작될 때 수확기라니 생소하다. 우리나라 보리가 6월에 수확되는 거와 비슷한가 보다. 그래서 5월이 보릿고개라고 했다. 이곳이 북쪽이라서 수확이 끝난 밀밭이 꽤 있는 거 같다. 남쪽 지방으로 가면 수확을 아직 안 한 밀밭이 더 많아지리라 생각해본다.

이제 한숨 자야겠다. 회복이 필요하다. 아내도 자고 있고 객실 내 거의 모든 여행객이 자고 있다. 내 차례다.

바젤 경유

세 시간을 달려 바젤역에 도착했다. 스위스에 들어왔다. 잠이 잘 오지 않아서 뒤척뒤척하다가 일어났다.

바젤역 앞 맥도날드에서 이른 점심을 먹고 시내로 이동했다. 바젤은 아트페어의 도시다. 역사가 가장 오래된, 세계 최대의 미술시장이 매년 6월에 이 도시에서 열린다. 우리의 여행 일정이 맞춰졌다면 즐거운 구경거리가 되었을 텐데 아쉽다. 물론 기웃거리기만 했을 테지만 말이다. 아트페어가 끝난 후라서 그런지 도시가 한산하게 느껴진다. 전원형 그린시티로 알려져 있는데 그 때문일 수도 있겠다. 도시가 깨끗하면 한산하게 느껴지는 법이다.

구시가지 중심부 쪽으로 버스를 탔다. 전기차인데 아주 깨끗하다. 구시가지 입구에서 내리니 바젤 쿤스트뮤지엄(바젤 미술관)이 있다. 박물관의 도시 바젤을 대표하는 미술관이다. 시간이 촉박해서 외부 사진만 찍고 건물 안쪽을 한번 들여다보기만 했다. 이런저런 특별전시가 있는 모양이다. 구시가지 길에 들어서서 쭉 가다 보니 바젤대성당(minister cathedral)이 보인다. 길 좌우에는 14세기 건물 등 오래된 집들이 있는데 문 위에 1389년 숫자 표식이 있는 집도 있다. 오래된 집이다. 이 도시의 역사가 언제부터인지 모르겠다. 아무튼 독일 북쪽 도시를 여행할 때 중세도시라 할 수 있는 소도시 고슬라(Goslar)에서 아주 오래된 집들에 이같이 년도 표식이 있는 것을 봤었다. 가장 기억에 남는 것은 지멘스

가문의 집이었는데 문 앞에 "Hans Ziemens Anno 1693"라고 쓰여있었다. 독일 대표기업 중 하나인 지멘스사의 창업 가문의 본가인데 1693년에 지어진 집이다. 유럽에는 이렇듯 오래된 집들도 많다.

바젤 대성당은 화려하진 않으나 안정된 붉은 색깔의 건축물로서 상당한 아름다움을 품고 있다. 로마네스크양식과 고딕양식이 혼합된 오래된 중세성당이다. 프랑스의 성당과 확실히 다르다. 성전이 있는 본당과 부속건물 회랑의 클로이스터가 인상적이었다. 회랑과 중정과 성당 정면(파사드)의 사진을 찍고서 안으로 들어가 보았다. 이제는 가톨릭교회가 아니고 신교 교회라서 내부 구조가 다르다. 칼뱅주의가 지배하는 나라이니 상당히 엄격한 신교주의가 지켜질 것으로 생각되었다. 가톨릭교회는 아니지만 앉아서 간단히 기도를 드리고 나왔다.

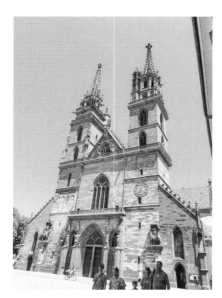

[그림 11-2] <바젤 대성당>

성당 앞 뮌스터광장이 넓다. 주위 건물이 다 이쁘다. 성당 맞은편에 시내 쪽으로 쭉 걸어갈 수 있는 구시가지 길이 있다. 아까와 다른 길이다. 시가지 산책을 하면서 이 도시의 느낌을 찾았다. 그리고 기차 시간이 가까워져서 바젤역으로 돌아왔다. 다소 밋밋한 도시라는 느낌을 받았다.

아차, 그런데 바젤대성당 교회에 내 핸드폰을 놔두고 왔다.

성당에서 기도할 때, 뒷주머니에 넣어둔 핸드폰이 의자에 떨어진 거였다. 깜짝 놀라서 뛰어갔다. 잃어버리면 정말로 큰일이다. 버스를 마냥 기다릴 수가 없어서 오던 길을 되짚어서 뛰었다. 땀 흘리며 성당에 갔더니 교회 봉사자분이 보관하고 있다. 무척 긴장했었다. 당연히 감사의 기도를 드리고, 10유로 기부금을 입구에 있는 성금함에 투척하고 나왔다. 이제야 한숨 돌렸다. 역에서 아내가 반가이 맞아주었다.

루체른

바젤역을 오후 3시5분에 출발하여, 루체른에는 오후 4시5분에 도착했다. 드디어 아바도의 도시 루체른에 왔다. 내게 루체른은 아바도를 떠올리는 도시이다. 클라우디오 아바도는 내가 가장 좋아하는 지휘자다. 부드러움과 강인함이 공존하는 그의 모습이 보기 좋다. 그의 음악을 보고/듣고 있으면 다른 지휘자의 경우보다 더 공감하고 있는 나를 보게 된다. 어느 날 베를린필하모닉을 떠나 루체른에 정착하여 자신의 음악 세계를 다시 펼친, 그의 멈춤 없는 인생을 존경하지 않을 수가 없다. 암을 딛고 일어나, 루체른 페스티벌 오케스트라를 결성해서 새로 시작한 인생 2막이 멋지다. 루체른 페스티벌을 세계적인 음악제로 발전시킨 일등 공신이다.

열정. 겸손함. 부드러움과 강렬함. 선의. 집념. 이 모든 이미지가 나의 아바도 '형님'에게 있다. 나는 집에서 그를 형님이라는 애칭으로 부른다. 아내가 그 호칭을 가끔 듣는데 당연히 웃으며 함께 공감해준다. 음악가로서는 내겐 두 분의 존경하는 형님이 있다. 더 큰 형님은 당연히 베토벤 형님이다. 나는 그를 한없이 존경한다. 미술에서는 두말할 것도 없이 고흐 형님이다. 내 아내는 이를 잘 안다. 두 큰 형님과 영광

[그림 11-3] <클라우디오 아바도와 루체른 페스티벌 오케스트라> 2004년 루체른 페스티벌에서 말러 교향곡 5번을 지휘하고 있다.

스럽게⑺ 한자리를 차지한 아바도 형님은 이상하게도 인간적으로 공감되고 친근하게 느껴져서 어느 날 아내에게 아바도를 형님이라 부르기로 했다고 말하면서부터다. 그의 지휘를 직접 볼 수 없음이 아쉽다.

루체른 에어비앤비 숙소에 성공적으로 입소했다. 가격이 낮은 숙소라서 걱정했으나, 크고 깨끗해서 만족스럽다. 최근에 실내용품을 새것으로 대거 교체한 듯하다. 아무튼 다행이다. 숙소 정비, 먹거리 쇼핑 등을 마치고 저녁시간에 루체른 시내를 산책했다. 바젤의 심심함과 대비되는, 활발한 생기가 도는 도시다.

아름답고 이쁜 카펠교에 이르러 아내가 문득 여기에 와본 거 같다고 한다. 오래전 국내 MBA 과정에서 유럽 수학여행으로 스위스를 잠시 거쳐 갔다고 한다. 당시 스위스 쮜리히와 융프라우만 찍고 다른 나라로 이동했던 거로 기억했는데, 이제 생각해보니 루체른에 잠시 들렸던 거 같다고 한다. 확실치는 않다. 나중에 집에 가서 자료를 찾아보겠다고 한다.

　한국식 '점의 여행'의 단점이다. 여기 찍고 저기 찍고 바쁘게 다음 지점으로 이동하는 여행이 우리나라 여행사 패키지 프로그램이다. 효율성 극대화를 추구하는 여행이다. 내 주장으로 여행은 '선의 여행'이어야 한다. 선의 여행에서는 이동하는 과정과 경로가 모두 여행의 일부가 된다. 보고 듣고 즐기고 배우는 시간이 이동선을 따라 발생한다. 그리고 지리적 이동에 따른 여행지의 감각이 그때그때 변화하면서 일깨워져 모든 곳을 새롭게 보게 된다.

　나는 2017년 베를린에서 저가비행기 라이언에어를 타고 와서 혼자서 스위스 전역을 여행하였다. 당시 쮜리히공항에서 곧바로 이동하여 찾은 첫 방문지가 루체른이다. 아내는 한국에서 직장에 다니던 때여서 합류하지 못했다. 이번에 함께 스위스 여행을 기획한 주요 이유다.

[그림 11-4] <호반의 휴양도시 루체른>

루체른은 아름다운 풍경을 자랑하는 휴양 도시다. 시내 어디를 걸어도 호수와 다리와 건축이 어우러진 아름다움이 사람들을 무장해제한다. 우리에게도 스위스 여행 첫날의 들뜬 마음을 루체른이 편안한 즐거움으로 바꿔 주었다.

여름날 저녁시간의 한가로움을 즐기면서 시내 이곳저곳을 산책하였다. 그러다가 호숫가에 앉아서 쉬고 있는데 몸이 으슬으슬해진다. 점차 온몸이 아프고 쑤셔서 급히 숙소로 돌아왔다. 몸 상태가 심상치 않다. 위장약, 감기약, 소화제 등을 한꺼번에 먹고 잠들었다. 저녁 내내 끙끙 앓다가 조금 전에 깨어났다. 11시35분이다. 며칠 전부터 감기 기운으로 고생했는데 어제 괜찮아진 듯하다가 다시 심하게 아픈 거다. 코로나에 걸린 게 아닌지 걱정된다. 하지만 약 먹고 푹 쉬는 거 밖에 별 뾰족한 수가 없다. 아내는 나 때문에 저녁식사를 못했다. 미안하다.

벌써 파리에서의 10일간이 아련하고 꿈결 같다. 아내도 그렇다고 한다. 루체른과 파리가 별도의 세계와 같다.

오늘의 걷기: 12,897 걸음

12
저널

루체른, 리기산행으로
스위스의 호수와 산을 만남
(7월 8일)

몸이 좀 나아진 듯하다. 식은땀을 흘리고 나니 개운해졌다. 많이 잤다. 여행 중 계속 잠이 부족했다. 반면에 아내가 새벽에 잠결에 무언가 얘기하는데 목이 심하게 잠겨있어서 놀랐다. 은근한 감기 기운이 있던 아내가 더 심해지지 않을까 걱정된다.

아침을 햇반 밥으로 물 말아서 먹었다. 컵라면도 한 개 먹었다. 힘이 좀 난다. 오늘 관광이 가능해져 다행이다. 리기산과 필라투스 중 어디를 갈까 고민하다가 리기산으로 결정했다. 필라투스행을 고려했던 이유는 몇년전 내가 리기산을 다녀왔기 때문이다. 여행의 가성비 효과를 생각하면 필라투스로 가는 거도 나쁘지 않다고 생각했다. 하지만 리기산으로 가기로 했다. 사람들이 리기산으로 많이 가는 거 같다. 지난번 내 여행에서 즐겁게 다녀온 경험이 있기에, 아내와 리스크 없이 즐겁게 같이할 여행지를 선택했다.

루체른 호수와 리기산

리기산에 가기 위해 루체른호의 선착장(Bahnhofquai)으로 11시40분에 갔다. 12시10분 출발이니 시간이 남았다. 정신을 차리기 위해 투고우 (To-Go) 커피를 시켰는데 판매원 아가씨가 아내에게 서비스로 미니초 콜릿을 건네주면서 여러 농담을 주고받았다. 친절함에 아내의 즐거움 이 커졌다. 나도 덩달아 즐거워졌다. 부두에서 루체른을 눈으로 이리 저리 돌아보았다.

리기산 산악열차를 비츠나우에서 타기 위해서는 관광선으로 한 시 간가량 이동한다. 루체른 호수의 맑고 깊은 푸른색을 보고 있노라니 스위스 여행이 실감 된다. 호수 주변의 풍광도 아름답다. 한여름의 나

[그림 12-1] <루체른 호수> 스위스는 호수의 나라다

무숲과 멋진 집들이 호수와 어우러져 있다. 루체른이 호수에 비쳐있다. 그 아름다움에 아내가 감탄한다. 나도 기분이 좋다. 루체른으로 그녀를 이끈 게 보상받았다. 루체른에 가서 뭐하는지 묻곤 하였기 때문이다.

배가 호수 한복판으로 나아가니 호수 바람이 쌀쌀하다. 아침에 망설이다가 가져온, 새로 산 겉옷을 걸쳤다. 아내가 스위스 옷 예측을 잘했다고 말해줘서, 내가 으쓱했다. 파리서 올 때 반팔 티셔츠를 다 맡겨놓고 한 벌씩만 가져오고 도톰한 코트를 준비했는데, 어제 오후 루체른 땡볕에 당황했었기 때문이다.

비츠나우 마을이 아름답다고 했는데, 곧바로 산악열차를 탔다. 대부분 사람이 그렇게 한다. 리기산을 오르는 중에 아름다운 호수와 호반의 마을들이 어우러진 풍광을 볼 수 있었다. 옆좌석에 중국인 2030세대의 여성 4명이 탔는데 시끄럽다. 그래도 젊은이라선지 아주 시끄럽지는 않은 편이다. 열차 내 다양한 외국인들이 있는데 눈에 띄는 현상은 인도인들이 많다는 것이다. 포스트 차이나로 자리잡고 있는 인도의 경제적 위상을 실감할 수 있었다. 놀이문화가 발달된 인도 특유의 영향도 있겠지만 경제적 여유가 생긴 인도사람이 많아졌다는 증거다. 몇년 전과는 비교할 수 없을 만큼 다르다. 여행객 수로 비교하면 중국인과 한국인을 압도한다. 이곳 루체른에서는 그렇다.

종착역 리기쿨름(Rigi Kulm)까지 20여분 올라갔다. 중간중간 역에서 내리는 서양인들을 보면 여유가 느껴진다. 자연을 즐길 줄 안다. 하긴 그들은 유럽인이니 자주 올 수 있고 여행목적도 다르니 그럴 수 있겠다. 미리 내려서 하이킹을 하는 게 본래 목적일 것이다. 그래도 부러움은 남는다. 우리나라 젊은이들도 이제는 자연 자체를 체험으로 즐기는 게 많아져서 보기 좋다. 나는 이미 충분히 올드하므로 편하게 여행하는 게 용인된다고 스스로 위로(격려)한다.

리기산 정상에서 사방팔방으로 보는 전망은 말할 수 없이 아름답다. 아내와 함께하는 리기산은 더 멋지고 아름답다. 지난번 여름에 왔을 때, 이 높은 데까지 방목 소들이 올라와 워낭소리가 가까이 울려서 감동에 가까운 즐거움이 있었다. 이슬이 남아있는 오전이라서 더 청량하게 들렸다. 관광객이 별로 없어서 소들에게 다가가 말도 걸며 놀수 있었다. 그 당시 한국에 있던 아내에게 동영상을 찍어서 보내며 워낭소리도 녹음해 담아서 이곳 풍광의 아름다움을 전한 적이 있다. 오늘은 그들이 이곳에 없어서 아쉽다. 저 멀리 아래에 소들이 보인다. 눈

[그림 12-2] <리기산 정상에서>

으로 보이는 것만으로 반갑다. 아내에게 워낭소리를 보여주지(들려주지) 못해서 아쉽다. 하지만 아름다움이란 보고 느끼는 것만이 아닌 상상과 공감에 의한 것이기도 하다. 그때 얘기를 했더니, 아내가 기억하면서 충분히 상상하고 내 즐거움을 공감하는 표정이다.

리기클룸호텔에서 점심을 먹었다. 체력을 위해 정식 식사를 하기로 했다. 스파게티 나폴리와 독일에서 가끔 먹었던 부어스트를 시켰다. 약간 짰지만 살아난 식욕으로 맛있게 먹었다. 커피와 디저트도 하면서 여유롭게 시간을 보냈다.

내려오다가 케이블을 타기 위해 리기칼트바트(Rigi Kaltbad) 역에서 내렸다. 바트(bad)라는 단어가 온천이 있음을 알려준다. 노천탕이 보이는데 이 외에도 여러 온천이 있을 것이다. 전망대와 채플성당이 있다고 해서 산책 겸해서 찾아갔다. 채플성당은 곧바로 나왔다. 바위에 둘러싸여 있는 이쁜 성당이다. 스위스에서 보기 힘든 성모상이 있는 미니 성당이다. 입구에서 봉헌 초를 올리고 안으로 들어가 짧은 기도를 드렸다. 우리 여행의 안전과 가족의 건강. 우리가 항상 드리는 기도의 주제다.

전망대는 생각보다 멀었다. 오후 햇볕이 강해져서 등산모자 아래로 목을 움츠리고 한참을 걸었다. 날씨가 뜨거워져서 산책이 잘 즐겨지지 않는다. 고생(?) 끝에 도착한 전망대에서 루체른을 볼 수 있었다. 도시와 호수를 정상에서보다 가까이 볼 수 있다. 사진을 찍고 곧 돌아섰다. 케이블 출발 시간이 얼마 남지 않았다. 뛰다시피 해서 겨우 탔다. 케이블에 사람이 가득하다. 마지막에 개 두 마리가 탔다. 미리 타고 있던 개한테 으르렁거린다. 무서운 분위기에 아내가 겁먹었다. 케이블 출발 후 출렁거림과 개 세 마리 간의 긴장으로 인해, 어서 빨리 종착지에 내리기를 바랬다. 아내가 무서운 영화 씬 같았다고 한다. 여러 경우를 상상해본 것이리라. 사실은 나도 약간 겁이 났었다.

베기스라는 마을에서 내려 선착장으로 가서 30분 정도를 기다린 끝에 6시5분에 귀환선을 탔다. 배를 타니 피로가 밀려온다. 아까와 달리 컨디션이 급격히 떨어진다. 피곤하기는 마찬가지인 아내도 그렇다. 우리가 아직 감기 권에 있는 것이다. 40분여 후 루체른에 도착했다. 하루 일정을 무사히 마쳤다.

스위스의 마트
서둘러 숙소로 향했다. 얼른 먹거리 쇼핑을 하고 쉬고 싶었다. 맙소사, 집 앞에 있는 미그로스(Migros)가 문을 닫았다. 토요일이라서 일찍 닫은 거다. 검색해보니 근처에 있는 쿠어프(Coop)도 문을 닫았다. 둘 다 소비자 협동조합으로 유명해진 스위스 대표기업들이다. 학생들에게 비즈니스의 유형에 대해 가르칠 때, 새로운 경제조직 형태로 협동조합을 가르친다. 그 좋은 예가 이 두 회사이다. 어쨌든 지금은 물과 먹거리를 사는 게 절박하다. 내일 일요일에는 아예 오픈하지 않는단다. 막막하다.

일단 숙소로 들어가서 고민해보기로 했다. 건물 문을 열고 엘리베이터를 타는데 쿠어프 비닐봉지를 든 중년여성이 따라 들어온다. 비좁은 엘리베이터에서 먼저 내리면서 혹시 이 근처에 아직 문을 연 마트가 있는지 물어봤다. 멋진 답이 돌아왔다. 이 근처에는 없지만, 루체른역의 쿠어프가 9시까지 한다는 것이다. 와, 이런 일이! 집에 가서 곧바로 백팩을 매고 루체른역으로 달려갔다. 사람들이 밀려 넘친다. 그래도 저녁과 내일 아침 먹거리와 물을 살 수가 있어 신났다.

스위스는 물의 천국이다. 오늘 아침 집에 물이 없을 때 문득 이 나라가 수돗물을 마실 수 있는 나라가 아닐까 생각해봤다. 어제 샀던 물이 막상 개봉해보니 생수(still water)가 아니고 탄산수(sparkling water)였다. 아침에 마실 생수가 없어서 검색해보니 스위스에선 실제 수돗물을 마신다고 떴다. 그러면 그렇지. 수자원 1위 국가란다. 그래서 아침에 수돗물을 마셨다.

아내가 신뢰하는 우리동네 박OO의원께서 스위스에서 물을 잘못 마시고 아파서 온 환자가 있으니 조심하는 게 좋다고 하셨다고 한다. 70대 후반으로 S병원 과장으로 은퇴하신, 명의라 할 수 있던 분이다. 아침에 어쩔 수 없이 수돗물을 마셨지만, 기분은 개운치 않았었다. 일단 쿠어프 매장에서 생수를 찾기가 쉽지 않았는데, 어찌어찌해서 겨우 살 수 있었다. 앞으로 스위스 여행 중에 수돗물을 마실지를 결정해야 한다.

피곤했지만 재밌게 보낸 하루였다. 어제 스위스에 내릴 때 기차 안 내원이 말한 "Have a very pleasant day!"가 귓가에 들리는 듯하다. 내 답은 다음과 같다. "Yes, we had a very pleasant day!"

오늘의 걷기: 13,030 걸음

13

아레강의 베른과
아이거 북벽의 그린델발트
(7월 9일)

밤새 시끄럽다. 더워서 창문을 열어놓고 잤더니 종종 시끄럽게 떠들고 지나가는 무리가 있어서 잠을 깨곤 했다. 새벽까지 그렇다. 관광지 주민의 어려움을 알 듯하다.

오늘은 이 나라의 수도인 베른에 들렀다가 그린델발트로 가는 일정이다. 그린델발트에서 3박을 머물며 인터라켄, 피르스트, 융프라우와 뮈렌 등 그 지역 관광을 할 예정이다. 베른이 관건이다. 아침 컨디션을 보고 아내와 상의해서 결정해야겠다. 이 집은 9시 체크아웃 하는 거로 되어있다. 이유는 잘 모르겠지만 숙박비가 싸니 감수해야 한다. 일찍 일어나야 한다. 지금 4시 38분. 한숨 더 자고 7시 이전에 일어나면 되겠다.

아내가 밤새 앓았다. 서로 교대하며 아픈 거 같다. 욕심을 줄이고 무리하지 말아야 한다. 우선은 감기와 더불어 여행 일정을 잘 소화해가야 한다. 마라톤 여행이니 말이다. 아침에 서둘러 식사, 샤워, 청소 등을 협동해서 마치고 9시에 나왔다.

베른의 구시가지와 아레강

열시에 출발하는 베른행 기차에 몸을 실었다. 지금 아내는 한국에 보낼 동영상 편집에 집중해있다. 베른에는 11시에 도착했다. 반호프(역) 내의 락카를 찾아 짐을 맡기고 구시가지로 갔다. 베른을 쭉 보기 위해서다.

아기자기하고 예쁜 도시다. 도시 전체가 세계문화유산으로 지정될 만하다. 구시가지를 걸으며, 이 도시가 수도 역할을 하게 된 이유가 뭘까 생각해봤다. 지리적 위치? 독일어와 불어 언어권의 세력 균형의 도시? 더 큰 도시가 많은데 수도로 인정받게 된 이유 또는 계기가 궁금했다.

유네스코 올드타운(UNESCO Bern Old Town)으로 지정된 구시가지 중앙거리를 따라서 아래쪽으로 쭉 내려갔다. 구시가지 전체가 이쁘지만, 이 거리에 베른의 아름다움이 압축되어 있다.

아래 거리 이름들은 나중에 호텔에 와서 검색해본 건데, 특이하게 하나의 중앙거리가 계속 이름이 아래의 순으로 바뀐다. 그리고 끝에 니데크 다리가 있다. 감옥탑은 17세기, 시계탑은 15세기에 건설된 유적이다.

Spitalgasse, Käfigturm(감옥탑), Marktgasse, Zytglogglaube, Zytglogge(시계탑), Kramgasse, Nydeggbrücke(아레강의 니데크다리) 순이다.

올드타운 중앙거리에는 스위스 국기와 베른주 깃발이 길 양쪽에 항상 쭉 걸려있다. 관광객을 유치하는 효과를 염두에 둔 것이리라. 그만 큼 거리의 예쁨을 돋보이게 해준다. 사람들의 마음을 살랑살랑 흔들 어준다. 17세기의 감옥탑과 15세기의 시계탑이 거리의 기점이 되고 있 다. 시계탑을 지나면 트램버스가 확 줄어들어 편하게 거리 중앙으로 걸을 수 있다. 그래도 망실하지 않도록 아내와 서로 버스가 운행되는 것을 봐주면서 관광을 이어 나갔다.

크람가세(Kramgasse) 거리 중간에 곰(베른) 모양을 한 장수의 동상이 있 어서, 사진을 찍고 하다가 동상 밑 분수대 물을 마시는 모습을 연출해 봤다. 스위스 물을 그냥 마시는 것을 보여주는 동영상을 아내가 찍어 주었다. 물이 실제 맛있다.

문득 이 분수대 동상을 우리의 것으로 선포하고 싶어졌다. 곰 발등 위로 아기곰이 기대고 있어서 베를린(어린 곰이라는 뜻)을 함께 품은 동상 으로 볼 수도 있다. 적절한 지정과 적시의 선포식이 이뤄졌다. 베를린 은 내게, 우리 부부에게 특별한 도시가 아닌가. 내 재밌는 아이디어에 아내가 적극적으로 호응해줘서 더욱 즐거워졌다. 어쨌든 베른이나 베 를린이나 우리 거는 아니지 않은가. 그럼에도 '우리의 동상'으로 지정 하니 실제 소유권이 생긴 기분이다.

시가지 마지막에 니데크다리(Nydeggbrücke)를 만났다. 아레강을 끼고 들어선 집들을 다리 위에서 내려다보는 풍경이 일품이다. 다리가 높 은 위치에 있고 베른시를 감싸고 도는 아레강의 북쪽과 서쪽 강변으 로 집들이 경사 형태로 밀집되어 있다. 당연히 다리 동쪽 끝 또는 건너 편에서 보면 모든 건물의 붉은 빛이 도는 삼각형 모양의 지붕들이 한 눈에 들어온다. 그러니 멋지지 않겠는가. 아내가 감탄한다. 그만큼 아 름다움이 있다.

[그림 13-1] <아레강에서 본 베른> 붉은색 지붕이 아름답다.

베른과 같은 유럽 도시들의 아름다운 거리와 건축, 조형물을 보노라면 부러움과 궁금증을 느낀다. 이 도시의 발전 역사 속에서 사람들은 어떤 삶을 살았을까? 전쟁, 평화, 특정의 좋고 나쁜 지배자들, 지역경제의 풍요 정도 등에 의해 그들의 삶이 결정되고, 지금의 건축물들은 그 복합적 사회구조가 역사의 옷을 입고 현재에 이르게 되었을 것이다. 그리고 언제나 특정 시점에서 행복하고 불행했던 사람들은 계층의 굴레에 의해 큰 영향을 받았으리라.

한편 지금 이 도시에 사는 현재인들은 그들이 향유하고 있는 문화유산만큼 풍요로운 삶을 살고 있을까? 스위스는 국민소득이 높은 나라이다. 이 나라의 수도이니 경제적으로 여유 있는 삶이 이 오래된 건물들 뒤에 있지 않을까 기대된다. 그럴까? 너무나 뻔한 질문이지만 그래도 항상 궁금하다.

베른의 풍경은 특이하다. 자연스러운 역사적 결과로 보이기도 하고 한편으론 인공적인 냄새가 나기도 한다. 잘 정비된 구시가지에 큰 역사적 사건에 관련된 건축물보다는 아기자기한 조형물이 중심이 되기 때문이다. 스위스 자체가 유럽 역사의 중심지가 아니었기 때문일 것이다. 베른 주변에 엄청난 풍광의 자연이 있는 거도 아니기에, 의도적으로 올드타운을 예쁘게 꾸미려고 했을 것이다. 그러한 의도는 성공적인 결과를 얻은 듯하다. 관광객들이 모두 즐거워하고 있는 걸 보면. 앞에서 가는 (독일 사람으로 보이는) 한 무리의 할아버지들도 열심히 사진을 찍고 있다. 독일의 소도시도 이쁜데 말이다.

중앙거리의 다소 인위적인 느낌에 비해 마지막에 보는 아레강의 니데크다리에서의 풍광은 자연스럽다. 이런 풍경을 룩셈부르크의 수도, 룩상부르에서 본 적이 있다. 높은 다리에서 내려다보는 시가지 건축물 지붕들이 멋진 도시였다. 룩상부르 풍광은 진회색 지붕으로 되어 있어서 더 특이했다. 여기 베른에는 붉은 황토색 지붕이 도시를 덮고 있다.

아레강 건너편 레스토랑에서 늦은 점심을 했다. 전망이 좋은데, 역시 비싸다. 사우어크라우트가 있는 부어스트소세지와 그릴드치킨, 레모네이드 2잔을 시켰는데 68.5스위스프랑이 나왔다. 팁까지 합쳐 72프랑을 지불하니 일일 식비를 쉽게 초과할 상황이다. 발리에서 왔다는, 20년째 살고 있는데 이제 고향에 돌아가고 싶다는 40대 초반쯤의 웨이터와 함께 셋이서 셀카를 찍었다. 진정으로 원한다면 적당한 시기에 용기를 내서 귀향하기를 격려해주고 나왔다.

역으로 돌아갈 시간이 약간 남아서 강 아래쪽으로 내려갔다. 방문지에 흔적을 남기고 싶어하는 내 욕구를 실현해보기 위해서다. 드디어 아레강에 발을 담궜다. 강물이 정말 시원하다. 차갑다. 스위스의 모든 물이 차갑다. 수원이 알프스산이어서다. 이곳의 찬물에 손이나 발을 적시면 정신이 맑아진다. 기분이 좋다.

그린델발트로 가기 위해 서둘러 베른 반호프(역)으로 버스를 타고 돌아왔다. 대성당교회와 그 외 관람지는 생략했다. 베른 여행에서는 압축된 관광이 가능하다. 이에 아내도, 나도 만족하였다. 짧은 시간이었지만 즐거움이 컸다.

그린델발트
두 시간 가까이 기차를 두 번 타고 그린델발트에 도착했다. 우리가 머무는 알펜호프호텔은 전망이 좋다. 룸앞 전경이 유명한 아이거 북벽이다. 웅장하다. 저녁시간이 다 되어서 피로가 몰려왔으나, 그린델발트의 풍광이 피로를 일순간에 싹 씻어주었다. 타운 건너편에 초록의 산과 조그맣게 보이는 숙박 건물들이 조화를 이뤄 아름다운 경치를 만들어내고 있다. 여기서 숙박하며 며칠간 아무것도 안하고 잠만 자고 놀며 쉬는 게 내 오랜 로망이었다. 이번에 그렇게 하기에는 관광 일정이 많다. 그래도 되도록 편한 시간을 보내려 한다.

호텔에서 수돗물을 받아마시는 빈 병을 방에 놔뒀다. 이제 본격적으로 이곳 물을 그냥 마시기로 했다. 물맛이 좋다. 어릴적 시골에서 오염되지 않은 우물물을 마시던 기억이 새록새록 하다.

저녁 먹을거리로 마을 아래쪽 쿠어프에 가서 샌드위치와 과일을 사

[그림 13-2] <호텔 방에서 본 아이거 북벽>

왔다. 과식하지 않고 음식 남기지 않을 만큼 최소로 구매했다. 룸 베란다에서 아이거 북벽을 보면서 간소한 저녁을 먹었다. 실감이 나지 않는다. 이 정도면 호텔 뷰로는 전 세계 톱 몇 위가 되지 않을까? 아내에게 질문 아닌 질문을 던졌다. 이 비현실적인 다이닝 순간을 사진과 동영상으로 남겼다.

벌써 아홉시다. 컨디션이 급격히 떨어져서 간단히 씻고 자기로 했다. 몸이 제대로 회복되지 않아서 걱정된다. 바쁘게 보낸 하루였다. 베른의 추억이 벌써 아련하다. 그린델발트 대자연의 풍광이 압도적이어서 더 그렇다.

오늘의 걷기: 13,014 걸음

비르크, 실트호른, 뮈렌에서
스위스의 장대한 산을 봄
(7월 10일)

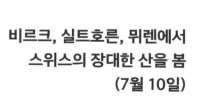

여명의 시간이 살짝 지났다. 그러나 침대에 누워서 내다보는 밖의 풍경에 기분이 깨끗해진다. 아침 햇살을 받은 아이거산이 웅장하다. 그린델발트의 아름다움은 비현실적이다!

6시40분에 기상해서 베란다로 나갔다. 아침 공기가 청량하다. 스위스의 아침 풍경을 사진으로 남겼다. 배가 고파서 식당으로 갔다. 식당 분위기가 아늑하고, 아직 사람들이 없다. 너무 일찍 왔나? 곧 밀려들었다. 그래도 아주 많은 건 아니다. 모두가 즐겁고 편안한 모습이다.

샤워를 마치고 약을 듬뿍 먹고서 침대에 누웠다. 숨을 헐떡거렸다. 열이 있다. 며칠 중 가장 허약한 느낌이다. 온몸이 쑤시기 시작해서 걱정이다.

누워서 천장을 보니 나무로 되어있다. 방 이모저모를 뜯어보니, 온

통 나무 목재로 되어있어 있어서 기분이 좋다. 방문, 옷장, 책상, 탁자, 침대프레임, 큰 통창의 프레임과 격자 등 모두가 나무다. 자연 친화의 방이다. 편안하다. 베란다도, 건물 기둥도 나무이어서 거의 완벽한 목조건물이다.

창밖을 보면, 아이거 북벽 정상부터 툭 떨어지는 55~60도 각도의 직선과 이어지는 부드러운 곡선의 산등성이 훌륭한 경관을 만들고 있다. 그 너머 살짝 구름낀 하늘이 더 멋지고 시원하게 보인다. 큰 전면창을 가르는 격자무늬의 창살도 이 그림과 같은 자연을 여러 개의 화폭으로 구분해주고 있다. 전체 모습은 그저 상상의 현실이라 말하는 듯하다.

오늘은 침대에서 뒹굴며 하루를 보낼 예정이다. 오후 늦은 시간에 케이블이나 탈까 생각 중이다. 쉬는 게 우선이다. 지금 시각은 오전 열 시다.

베르너 오버란트
호텔방에서 쉬다가 점심을 먹으러 밖으로 나가야 했다. 바람막이 옷도 사고 지역관광을 가볍게 하고 돌아오기로 했다. 12시반에 나섰다. 몽벨이라는 가게에 들려 아내의 바람막이 옷을 샀다. 품질은 좋은 거 같은데 값이 비싸다. 어쩔 수 없다.

예쁜 작은 마을 뮈렌(Mürren)에 가볼까 생각하고 동선을 확인했다. 거리가 꽤 된다. 그래도 점심을 먹고 거기까지 가서, 산책도 하고 차도 마시기로 했다. 여력이 되면 라우터브루넨(Lauterbrunnen)도 구경하면 되겠다. 예전에 라우터부르넨 근처에서 동굴폭포 같은 것을 본 거 같은데 잘 기억나지 않는다.

마땅한 레스토랑이 없어서 쿠어프에서 샌드위치를 사 먹었다. 비용도 아낄 수 있었다. 뮈렌에 가려면 인터라켄 동역으로 가는 기차를 타고 가다가 중간에 라우터브루넨으로 가는 기차로 바꿔 타야 한다. 그리고 케이블, 기차 등을 번갈아 타야 한다. 꽤 복잡하다.

기차를 타고 가는 길에 물결이 폭포수 같고 폭이 좁은 강을 계속 보게 되었다. 시냇물에 가까울 정도로 폭이 좁은 강이지만, 수량이 엄청나고 빠르게 흘러간다. 물소리가 요란하다. 물의 천국, 스위스! 기차를 갈아타는 역에서 기차 동체에 "Berner-Oberland"라고 큼직하게 쓰여 있는 문구를 봤다. 아내에게 이 지역 일대가 베르너-오버란트 지역이고 스위스 최고의 산악 관광지라고 말해줬다. 베르너 오버란트는 베른주의 하이랜드라는 뜻이다. 스코틀랜드의 하이랜드와 같은 곳이다.

고개를 끄덕이던 아내가 문득 어릴 적 동요에서 "아름다운 베르네"라고 하는 게 여기 베르네인 거 같다고 말했다. "맑은 시냇물이 넘쳐 흐르네" 등의 가사가 여기를 표현하는 거라는 걸 알게 됐다. 그렇구나, 그렇다. 동요를 아내에게서 따라 배우다가 라우터브루넨에 도착했다. 나머지는 오늘 밤에 배우기로 했다.

라우터브루넨에서 뮈렌 가는 기차를 기다리다가, 다시 구글 검색을 해보니 실트호른까지 가는 버스편이 먼저 있다. 이왕 여기까지 왔으니 실트호른까지 올라가 보고 뮈렌으로 내려오는 거로 동선을 변경했

다. 우리 컨디션이 좋아진 듯해서 기운 내고 더 위쪽까지 가보기로 했
다. 이전에 내가 실트호른을 어떻게 갔는지 기억나지 않았는데, 여하
튼 지금 구글 정보를 보니 곧바로 쭉쭉 올라갈 수 있게 되어있다.

비르크(Birg) 전망대

버스 141번으로 실트호른에 올라가는 역까지 가서 케이블을 두어번
갈아타니 뮈렌을 거쳐 비르크에 이르렀다. 실트호른 바로 밑 정류장
이다. 전망대로 갔다. 비르크의 전망은 충격적인 아름다움으로 다가
왔다. 한마디로 장대하다. 아이거(Eiger) 3,970m, 묀히(Mönch) 4,107m, 융

[그림 14-1] <비르크 전망대에서 본 스위스의 장대한 산들> 왼쪽 맨 끝에 아이거산
이 보인다.

프라우(Jungfrau)는 4,158m 높이의 알프스를 대표하는 산이다. 세 봉우리가 자웅을 겨루듯 경쟁하고 조화를 이루며 한 폭의 그림을 만들어내고 있다. 말 그대로 파노라믹 뷰가 펼쳐진다. 스펙터클하다. 경탄을 자아내는 멋지고도 멋진 풍경이다. 아이거도 우리 숙소에서 보는 거와 다른 모습의 자태를 뽐내고 있다.

장대한 자연을 앞에 둔 전망대에는 열 명도 채 안되는 관광객뿐이다. 80대 초반으로 보이는 할아버지-할머니 부부가 서성이듯 계시길래, 두 분 사진이 필요하다 싶어서 다가가 사진 찍어 드릴까요 하며 물어봤다. 좋아라고 하시며 그렇게 해달라고 한다. 이분들이 기념될만한 사진을 남겨드려야지 하며 여러 컷을 찍어드렸다. 두 분에게 더 가까이 서라고 해서 또 찍고 했다. 키스하시라고 했더니 전달이 잘안되었는지 애매한 동작을 하시기에, 포옹(허그)하시라고 제스처를 취해 보여드렸다. 허그 대신 초밀착 하셨다. 스펙터클한 배경에 노부부의 동반이 잘 어우러졌다. 내가 봐도 사진이 잘 나왔다.

할아버지께서 찍어주신다고 해서, 우리 핸드폰을 넘겨드렸다. 이런저런 소통으로 시간이 걸렸지만 두 컷을 찍었다고 하신다. 그러나 나중에 보니 안 찍혔다. 음, 뭐 괜찮다.

실트호른으로 올라가는 마지막 케이블카 안에서 할머니가 할아버지와 함께 내가 찍어드린 여러 장의 사진을 보며 소리 내어 웃으시는 걸 보았다. 웃음소리에 무심결에 고개를 돌려 그분들을 봤다. 사진을 넘기면서 즐겁게 뭐라 대화를 나누고 있었다. 좋아 보이셨고, 나도 기분 좋았다.

실트호른 정상

실트호른에 올랐다. 여기도 사방이 탁 트였다. 지난번에 왔을 때는 안개만 봤어서 이렇게 시원하게 개방된 경험을 하지 못했다. 오늘은 날씨가 완벽할 정도로 맑다. 실트호른에서 보는 전망은 비르크에서 만큼은 아니었으나 또 다른 분위기의 장대함을 보여준다. 설산이 아닌 흙으로 덮힌 실트호른 정상과 주변 산들의 정상이 독특한 분위기를 만들어주고 있다.

아까 그 노부부가 근처에 보이길래 다시 가서 찍어드리려 했더니 아내가 말린다. 귀찮게 해드리는 것일 수 있다는데, 그럴 수도 있겠다 싶어서 그만뒀다. 우리끼리 구경하고 사진과 동영상을 찍고 있는데, 할아버지가 내게 다가오셔서 사진을 찍어줄 수 있냐고 물으신다. 기꺼이 그래야지요 라고 말씀드리고, 아내를 보면서 "거봐, 내 사진이 좋았잖아!" 하는 표정을 지었다. 아내가 긍정하는 표정으로 답한다.

이번에도 여러 컷을 찍어드렸다. 할아버지가 우릴 찍어주신다길래, 핸드폰을 넘겨드리면서 어디를 눌러야 하는지 다시 설명을 드렸다. 그분들은 아이폰을 쓰고 있어서 갤럭시가 조금 헷갈리시는 모양이다. 할아버지가 깜짝 놀라시며 지난번에 사진이 안찍혔냐고 물으신다. 그렇다고 대답했더니 미안해하시며 잘 찍어보겠다고 하신다. 우리가 되레 미안하다.

어쨌든 이번에도 안 찍혔다. 망설이다가 안 찍혔다고 말씀드렸더니, 할머니께서 찍어보겠다고 하신다. 사실 두 분이 공동으로 쓰는 아이폰은 할머니 거다. 할머니가 두 분의 사진 담당이다. 할머니는 제대로 하신다. 그런데 우리 핸드폰의 카메라 렌즈 쪽을 손으로 일부 가리고 계신 게 보였다. 언급하지 않았다. 함께 사진을 검토해보니, 화면 아래쪽 일부가 손으로 가려졌다. 이를 잘 인지하지 못하시길래, 무조건 "Great!" 하고 외치며 감사하다고 말했다. 두 분 모두 좋아하시며 떠났다.

이 두 분과의 에피소드가 우리의 기억장치에 저장되었다. 시행착오 끝에 만들어낸 특별한 기념사진을 얻었다. 그분들과 함께하는 사진도 찍었으면 좋았을 텐데, 여러 해프닝에 정신이 팔려서 까먹었다. 스쳐간 인연이지만, 두 분이 오래도록 행복을 같이 나누시길 빌어본다. 미래의 우리 부부 모습을 보며, 전망대에서 내려와 능선을 타고 또 다른 전망대로 올라갔다. 이 산의 끝이다. 사방을 둘러보고 기념사진을 찍고 내려왔다. 무서움을 이기고 전망대 넘어있는 능선으로 좀 더 가보

[그림 14-2] <실트호른 전망대에서 찍은 부부사진>

[그림 14-3] <아름다운 산악마을 뮈렌>

다가 돌아섰다.

　예상외 큰 즐거움을 얻었다. 나도, 아내도 순수한 자연을 보며 마음
이 열리고 들뜨는 경험을 했다.

　내려오는 길에 뮈렌에 들렸다. 위에서 시간이 많이 소요되어 다소
촉박해졌다. 뮈렌은 아름다운 산악 마을이다. 지난번에 이 마을에서
혼자 트레킹 하기도 했지만, 오늘은 마을을 둘러보는 것으로 만족하
기로 하였다. 뮈렌에서 바라보는 산들도 장대함을 뽐낸다. 사진 포인
트가 있길래 젊은이들처럼 등을 보이고 산을 배경으로 사진을 찍어봤

다. 그럴듯하다. 아쉽지만 빠른 산책을 마치고 하행열차를 탔다. 중간
역(Grütschalp)에서 내려서 곧바로 케이블로 갈아타고 브루터라우넨에
도착하니 여섯시반이 다 되었다. 그린델발트까지 50분 더 걸려서 돌
아왔다.

저녁거리를 사서 호텔에 돌아오니 여덟시가 다 되었다. 의도치 않
게 오늘의 관광이 커졌는데 몸이 잘 버텨주었다. 그리고 자연과 함께
하는 것이 얼마나 즐거운지를 새삼 깨달은 하루였다. 아내가 말한다.
이렇다면 내일 융프라우요흐에도 가볼까? 사실 융프라우요흐는 서로
각자 가봤었는데 우리 둘다 그다지 인상적이지 않았던 경험이어서 처
음부터 제외한 곳이다. 이제 생각이 바뀌었다. 자연을 대하는 순수한
마음으로 융프라우를 만나보기로 했다.

호텔 베란다에 나름 성대한 저녁식사를 차렸다. 오늘의 감상을 더
나누며 여흥을 즐겼다. 오래 기억에 남을 하루였다.

오늘 호텔을 나서면서 1만보는 당연히 안 넘길 거고, 최대한 적게 걷
겠다고 다짐했다. 그런데 또 1만보를 넘겼다. 여행 중 과다한 걷기가
우리의 체력을 약화시키는 게 아닌가 싶기도 하다. 나이 들어서 회복
력이 약한데 계속 무리하는 것이 아닌지. 그래서 감기도 오래가는 건
가? 이래저래 살짝 걱정된다.

오늘의 걷기: 10,688 걸음

저녁 15

융프라우요흐에
다녀옴
(7월 11일)

새벽에 베란다에 나갔다. 청량하고 시원하다. 더 청량하게 느껴지는 건 공기가 맑아서다. 얇은 구름이 끼어서 큰 별만 군데군데 보인다. 아이거 정상 능선의 가운데 지점에 불빛이 보인다. 별빛이 걸쳐진 건가? 뭔가 설치된 건가? 확실치 않다. 타운 건너편 아이거 산밑자락의 집들에서 희미하게 흘러나오는 불빛도 언뜻 산 아래로 툭 떨어진 별들의 빛사위 같다. 사위가 적막할 거라 기대했는데 어디선가 물소리가 선명하게 들린다. 물이 많은 동네다. 분위기에 이끌려 잠시 시인이 되었다. 4시반이다. 이제는 자야 한다.

기침이 멈추지 않아서 제대로 못 잤다. 조식 후 오전 시간을 밀린 사진 구글 드라이브 업로드, 이메일 확인, 2학기 강의계획서 업로드 등으로 보냈다. 학교에서 강의계획서 올리라고 공지 메일이 떴기 때문이다. 아내는 여행예산을 점검하고 지금까지의 결산을 해보고 있다. 식비와 경비 등에서 절감이 되어 전체적으론 괜찮은 상황이라고 한다. 다행이다.

아이거프렛처 익스프레스

요즘 뜬다는 피르스트(First)를 포기하고 융프라우요흐를 향했다. 11시반에 호텔을 나섰다. 햇빛이 강렬하다. 기차를 타고 그린델발트 터미널에 가서 아이거프렛처 익스프레스라는 케이블카(곤돌라)를 12시쯤에 탔다. 몇 년 전까지 없던 새로운 이동수단이다. 아이거산의 서쪽 능선에서 내려 산악열차를 타고 융프라우요흐로 가는 지름길이다.

예약 없이 갔더니 그냥 티켓을 끊으면 두 시간가량 기다려야 한다. 개인당 10프랑을 더 내고 리저브(예약) 티켓을 사면 정해진(조금빠른) 시간에 다시 돌아와 그냥 들어갈 수 있다고, 판매직원(60대 여성)이 말한다. 솔직히 어느 게 좋은지 판단이 서지 않았으나 아내가 순발력을 발휘하여 리저브 티켓을 사겠다고 했다. 그랬더니 판매직원이 컴퓨터를 들여다보더니 지금 들어갈 수 있냐고 묻는다. 황당했지만 그렇다고 하니, 금방 들어갈 수 있는 리저브 티켓을 발행해줬다. 이게 무슨 상황이지? 어쨌든 10프랑씩 더 주고 곧바로 지금 시간에 예약한 것처럼 들어갈 수 있었다. 흔한 말로 낚인 건가? 굳이 이 에피소드를 길게 쓴 이유는 뭔가 개운치 않기 때문이다.

케이블은 생각보다 컸다. 20명이 탈 수 있는 크기인데, 우리 부부 2인만 탔다. 독자 전세를 낸 것 같아서 즐겁기는 했지만 비(非)리저브 티켓으로는 정말 두 시간씩 기다려야 했는지 의심스러워졌다. 아이거산

[그림 15-1] <케이블카에서 내려다보는 그린델발트>

중턱까지 쭉 올라가는 케이블은 즐길만한 경치를 보여주었다. 아름다운 그린델발트가 점차 멀리 보이게 되며 시시각각 변하는 주위 풍광이 멋졌다. 더 올라가면서 점차 드러나는 아이거산 절벽의 위용에 감탄하였다. 신속하게 위쪽까지 올라왔다. 비싼 티켓이 아깝지 않다.

케이블이 끝나고서 열차로 갈아타고 등정을 계속했다. 열차가 산속 터널로 들어간다. 귀가 먹먹하고 약간의 어지럼증이 시작되었다. 고지대 이동에 따른 신체 반응이 예상보다 세다. 지상을 떠난지 한 시간여 만에 해발 3,454미터의 융프라우요흐에 도착했다. 어지러워서 천천히 움직이며 건물 안쪽으로 이동했다.

융프라우요흐에서의 전망과 얼음동굴

간단한 점심을 마친 후에 전망대로 올라갔다. 높은 산, 묀히(Mönch)와 융프라우(Jungfrau)를 가까이 볼 수 있다. 융프라우요흐는 이 두 산을 잇는 능선에 있는 곳을 뜻한다. 비르크와 뮈렌에서 본 두 산의 위용이 지금은 빙하와 어우러진 사실화로 다가왔다. 설레었다.

전망대 아래로 내려와 눈밭으로 나갔다. 눈 보호를 위해 선글라스를 써야 한다. 야외 눈밭 위를 걷다가 바닥에 깔린 눈을 뭉쳐서 던져보았다. 차갑고 서늘하다. 한여름에 눈을 만지는 기분은 언제나 새롭다. 젊은이들이 짚라인을 타며 소리치고 있다. 젊음의 소리다.

얼음동굴(얼음궁전) 체험도 주요 즐길거리였다. 얼음벽에 손을 대고 있으니 뼈가 시리고 정신이 확 든다. 아이들이 이곳을 특히 좋아한다. 우리도 여러 스팟에서 사진을 찍으며 즐겁게 시간을 보냈다. 넘어지지 않게 조심했다. 수년 전에 왔을 때 도르트문트에서 온 할아버지와 친

[그림 15-2] <융프라우요흐의 경치> 계곡을 흘러내리는 빙하가 웅장한 산에 못지 않게 멋지다.

해져서 이 동굴에서 서로 사진을 찍어주고 즐겁게 함께 다니던 기억이 떠올랐다.

얼음동굴 밖으로 나오는 통로에서 열 살 정도의 아이가 경련을 일으키며 쓰러졌다. 인도계의 소년으로 보인다. 부모가 놀라서 어쩔 줄 모르는데, 안내인 같은 사람이 와서 두 발을 높이 들어줬다. 한참 지나서야 아이가 정신을 차리고 통로 옆의 의자 쪽으로 겨우 움직여서 쭈그리고 앉았다. 곧바로 토하기 시작했고 모든 음식을 게워냈다. 안타까운 상황이다. 그래도 조금씩 안정되는 거 같긴 하다. 고비를 넘겼고 부모가 옆에서 보살피고 있으니 괜찮아지리라. 천만다행이다. 어린이들은 종종 상황에 따른 적응에 미처 주의를 기울이지 못한다. 어른과 달리 몸이 움직일 수 있으면 그냥 뛰고 걷고 하다가 순간적으로 기절할 수 있다. 아이들이 고산지대의 특성을 충분히 이해하기 어렵다. 어린아이를 위한 특별지침을 만들어야 하지 않을까 싶다.

투어를 마치고 레스토랑에서 잠깐의 휴식을 취했다. 그새 시간이 많이 지났다. 3시45분 하행열차를 탈 시간이 얼마 남지 않았다.

지상으로

융프라우요흐에서 내려오는 열차는 꽤 붐볐다. 한국관광객이 우리 옆에 앉았다. 50~60대 여성들로 구성된 다섯 명의 팀이다. 옆좌석에 앉은 사람이 불쑥 빈 앞자리, 내 아내의 옆자리에 신발을 벗고 양말 차림으로 두 발을 올려놓는다. 그리고 내게 살짝 양해를 구하는듯한 무언가를 말하길래, 뭐 예 등 엉겁결에 흐릿하게 답했다. 조금 시간이 지난 후 발을 움직여가며 운동도 하고 주무르고 그런다. 제지할까 생각이 들어 아내에게 문자를 보냈다. 아내가 말렸다. 옆 칸에 앉아있던 네 명의 동료 중 한 사람이 지적을 해주는데, 이 사람은 내가 이미 양해를 했다는 식으로 말하고 있다. 불편한 상황이다. 다른 사람의 불쾌함에 전혀 신경쓰지 않는 사람이다. 슬쩍 발을 올리는 작은 행동으로 거점을 확보하고 이후 행동반경을 넓혀 제 맘대로 해버리는 못된 행동을 보고만 있어야 했다. 같은 한국사람끼리 싫은 소리 하지 말자고 다짐하며 참았다. 해외에서 욕먹는 한국 아줌마, 아저씨 얘기가 근거 없는 게 아니다. 이젠 바뀌었다고 생각했는데 그렇지 않다. 기분이 좋지 않다. 아내도 기분이 좋지 않아서 외면하고 있다. 나보다 더 직접 당한 상황이다. 바로 옆좌석에서 발 냄새도 못 피하고 그런 행위를 보고 있어야 했으니 말이다.

어쨌든 열차를 내려서 아이거프랫처 케이블로 갈아타고 그 일행과 갈라지면서 불쾌함은 곧바로 사라졌다. 맑은 산바람에 흩어져 없어졌다. 아이거 북벽이 가까이 다가온다. 산악인 차림의 일행이 우리와 함께 탔다. 일행의 수장인 듯한 사람이 북벽을 보며 등산 방법에 대해 젊은 동료 2명에게 뭔가를 설명하고 있다. 대충 엿들어도 흥미롭다. 괜히 실감이 났다. 호텔에 돌아와서 등정 사례를 검색해보니, 사망자가 60여 명으로 가장 많이 기록된 산이란다. 아이거 북벽 암벽등반 얘기는 오래전에 들었지만 이같은 역사는 몰랐다.

종합해보면, 융프라우요흐는 이곳에서 필수방문(Must-Visit) 관광지가 맞다고 결론 내렸다. 아내도, 나도 모두 와봤지만, 오늘처럼 상세한 체험의 느낌을 갖지 못했었다. 스위스 고산이 보여주는 여러 모습을 깊이 들여다보려는 마음에서 비롯된 변화이다. 다시 반복해서 보는 건데 새롭게 보인다는 게 우리를 즐겁게 했다. 관광객 구성에서도 놀란 게 있다. 인도사람이 40퍼센트 가까이 차지한다. 그다음으로 유럽인이 30프로, 한국인이 15프로, 그다음으로 중국인이 차지하는 거 같다. 루체른에서와 비슷한 분포다. 10년 후에 이 비중이 어떻게 변할지 상상해본다. 잘 모르겠다. 내가 알 수 있는 건 어쨌든 변할 것이라는 거다. 세상은 항상 변화한다.

지상에 내려오니 4시40분이다. 그린델발트행 기차를 타고 호텔에 돌아오니 다섯시반이다. 이른 시간에 돌아와서 씻고 쉬니 좋다. 저녁은 우리 호텔의 식당에서 만드는 피자를 주문했다. 베란다에서 간단한 저녁식사를 했다. 일찍 쉬고 내일 체르마트로 이동해야 한다. 오늘은 여행 15일차, 전체 일정의 사분의 일에 해당하는 Quarter day이다. 지금까지 무사히 여행하였음에 감사하는 마음의 기도를 했다.

오늘의 걷기: 8,937 걸음

여행 16

슈피츠와 툰 호수, 깊은 산악지의 체르마트
(7월 12일)

밤새 멀리서 벼락이 친다. 천둥소리가 미약하게 들린다. 구름이 잔뜩 꼈지만 비는 안오고 벼락만 계속 내리치니 기분이 이상하다. 아 참, 구름이 낀 밤하늘에 아이거 정상 능선 쪽에만 빛이 떠있다. 어젯밤에 본 불빛은 별빛이 아닌 산장이나 특정시설의 빛이라는 걸 확인하였다. 지금도 계속 번개가 치고 있다. 아침 날씨가 어떻게 되려는 건지 알 수 없다. 자다 깼지만, 아직 새벽 두시반이다. 어제 잠이 부족했으니 오늘은 최대한 많이 자야 한다. 곧바로 자야겠다.

새벽 다섯시반, 엄청난 폭우가 쏟아지고 있다. 번개가 치고 천둥소리가 가까이 들린다. 오늘 이동이 걱정되었다. 아침에 일어나니 다행히 날씨가 개었다. 산정 사이사이에 얕은 구름이 껴서 신비롭고 아름답다.

오늘은 결혼기념일이다. 아침은 호텔 조식이니 어쩔 수 없고, 저녁에 체르마트 레스토랑에서 좋은 다이닝을 하기로 했다. 즐겁고 기념될만한 하루를 보내야겠다.

슈피츠와 툰 호수

오늘 최종목적지인 체르마트에 오후 3시쯤 도착하는 게 목표다. 이 동거리가 꽤 된다. 가다가 인터라켄이나 슈피츠에 들려서 구경하려면 서둘러야 했다. 10시38분발 기차를 탔다. 30분마다 그린델발트역에서 인터라켄 동역으로 가는 기차가 있다.

첫 기착지인 인터라켄 동역(Interlaken Ost)으로 가는 중에 비오는 차창 밖이 아름답다. 구름낀 풍경이 신비로움을 자아낸다. 계곡마다 구름을 품고 있는 산들이 엄마 품 같다. 가다 보니 내가 명명해준 세 자매

[그림 16-1] <세 자매와 아빠 봉우리>

봉우리가 보인다. 바로 뒤에 아빠 봉우리도 있다. 신기한 구조라서 이름을 지어 주었다. 꽤 멋진 산이지만, 스위스 사람들에겐 별 관심이 없을 만한 흔한 산이다. 그래도 내겐 인연이 되어 '소유권'이 생긴 산이다. 내 일방적 주장을 아내가 웃으며 들어준다.

인터라켄 동역에서 내려 곧바로 슈피츠(Spiez)로 가는 기차를 탔다. 아내에게 인터라켄을 보여주고 싶었지만 포기했다. 인터라켄은 베르너-오버란트의 거점도시로서 많은 사람이 숙박하고 머무는 도시다. 저렴한 숙박지가 많아서 젊은이들로 넘쳐난다. 지난번 내 여행에서도 인터라켄 3박을 했었다. 도시 구조를 아내에게 간단하게 설명해줬다.

슈피츠 가는 기차는 호숫가를 달린다. 툰호의 맑은 물과 구름낀 산의 아름다움이 스위스를 다시 말해준다. 슈피츠 역에 11시51분 도착했다. 도시를 둘러보고 점심을 먹을 예정이다. 락카에 짐을 맡기려면 동

[그림 16-2] <슈피츠 항구>

전 5프랑이 필요하다. 옆 가게에서 물을 샀다. 이런 목적으로 뭔가를 사는 사람이 꽤 될 거다. 기차에서 내다보던 호수가 너무 아름다워서 시내 산책 대신에 호수를 가로지르는 배를 타기로 했다. 슈피츠 선착장(Spiez Shiffstation)에서 툰(Thun)으로 가는 유람선을 탔다. 시간이 너무 딱 맞아서 선착장까지 뛰어야 했다. 고생이다.

유람선을 타고 한 시간 정도 맑고 깨끗한 호수를 즐길 수 있었다. 호반의 마을들이 아름답다. 루체른 호수와 다른 점이 있다면 호수의 물 색깔이 더 깊고 푸르다. 잠시후 비가 오기 시작했다. 경관이 변한다. 또 다른 멋진 풍광이다. 빗발이 세져서 얼른 안쪽 레스토랑으로 들어왔다. 커피와 디저트를 먹으며 밖을 내다봤다. 비가 오는 선창으로 내

[그림 16-3] <툰 호수>

다보는 호수가 시원함을 전해주어서 한여름의 여흥을 자아낸다. 아내는 식당 안에 계속 남아있고, 나는 밖에 나가서 빗발을 맞으며 호수 먼데와 가까운 데를 함께 보았다. 여행지에 툭 떨어져 있는 외로움이 밀려와서 다시 안으로 아내에게 돌아갔다.

툰에서 곧바로 슈피츠로 돌아와야 한다. 검색해보니 기차 출발시간이 2분밖에 안남았다. 하선하자마자 비오는 툰 부두에서 기차역으로 뛰었다. 또 성공했다. 게다가 쾌속열차 ICE를 탔다. 불과 7분 만에 슈피츠로 돌아왔다.

체르마트(Zermat) 행

체르마트를 가기 위해서는 슈피츠에서 피스프(Visp)까지 가서 기차를 다시 갈아타야 한다. 피스프행 기차 시간이 또 빠듯하다. 곧바로 탄다면 다소의 여유가 있을 텐데, 스피츠 역사 내 락카에서 짐을 찾고 가야 하므로 가능할지 모르겠다. 그래도 다시 뛰어보기로 했다. 최대한 서둘러서 짐을 찾고 피스프행 기차를 타는 3번 플랫폼으로 내달렸다. 잘 맞아떨어졌다. 또 운이 좋았다.

몇 차례 뛰다 보니 젊디젊은 여행자가 된 기분이다. 시간 절약도 많이 되었다. 체르마트에 이른 오후에 도착할 수 있겠다. 탑승 후 자리를 잡고 나서 아내와 하이파이브를 했다.

피스프에서 체르마트까지 기차가 한 시간여를 달렸다. 체르마트는 스위스에서도 매우 외진 도시다. 산악지형으로 계속 올라가다 보면 깊은 산중의 어느 고립된 장소에 들어가는 기분이 든다. 실제로 그런 도시다. 기차 밖으로 보이는 집들의 너와지붕이 눈길을 끈다. 이곳 너

[그림 16-4] <체르마트 행 기차> 산속 깊은 곳으로 계속 들어간다.

와지붕은 목재가 아니라 돌로 되어있다. 그래서 우리나라 산골의 전통 너와지붕과 약간 다른 느낌이 든다. 하긴 돌이 이토록 많으니 당연히 돌판으로 만들어야겠다. 겨울나기도 더 좋고 수명이 길테니까.

차창 밖으로 체르마트의 전통 너와지붕을 보다 보니, 졸음이 찾아왔다. 여기까지 오는 동안 여러 곳을 다니느라 유람선과 기차를 세 번이나 뛰어서 탔으니, 지칠 만도 했다. 그리고 점심까지 굶었다. 체르마트가 다가오는데 나른해져서 잠깐 졸았다.

오후 3시14분에 체르마트역에 도착했다. 믿기 어려울 정도로 제시

[그림 16-5] <청정지역 체르마트의 메인거리>

간에 일찍 도착했다. 체르마트는 청정지역이다. 자동차가 마을에 들어오지 못한다. 저 멀리 있는 아래 동네에 주차해야 한다. 그래서 깊은 산속 마을에서 느끼는 고립감이 있다. 동시에 맑은 공기의 자연이 주는 청량함이 가슴 깊이 느껴진다. 체르마트 만의 독특한 느낌이 있다.

호텔 체크인에서 해프닝이 있었다. 배정받은 3층 방에 올라가 보니, 비틀어진 방향으로 좁게 보이는 바깥 풍경이 호텔 뒤쪽의 허름한 뷰이다. 방은 큰 편이었으나 구석방이라서 교체를 요청했다. 3월 말에 정상가격으로 예약한 우리를 뒷방으로 배정한 게 이해가 안 되었다. 더구나 늦은 시간의 체크인도 아니니, 당연히 좋은 방에 배정해야 하지 않은가 말이다. 40대 초반의 남자직원이 모든 방이 예약된 상태라 교체가 쉽지 않다고 말한다. 우리에게 왜 더 좋은 방이 우선해서 배정되어야 하는지를 말해줘야 했다. 피곤하고 귀찮았지만 차분히 설명하고 기다렸다. 다행히 시가지 중앙 도로가 보이는 아래층(2층) 방으로 옮길 수 있었다. 창문 밖이 관광지 체르마트의 메인거리를 보여주는 정상적인 방이다. 그렇지만 마터호른은 방 모퉁이 쪽 작은 창문으로 겨우 볼 수 있는 방이다. 지금은 구름이 잔뜩 껴서 알 수 없다.

만족스럽지 않지만, 어쩔 수 없다. 비싼 가격에 비해 낮은 대우를 받은 셈이다. 보기에도 한 등급 낮은 방인 듯한데 확실치는 않다. 아내도, 나도 기분이 상했다. 특히 아내는 이 직원의 건방진 대응 태도에 맘이 많이 상했다. 여행 중 가끔 있는 문제이지만, 이번처럼 황당한 경우는 처음(드물게) 겪었다.

어쨌든 기분을 풀자. 최악을 면했으니 여행의 즐거움은 우리 몫이다. 더구나 오늘은 결혼기념일이 아닌가. 짐을 풀고 잠시 쉬려고 했는데, 피곤한 만큼 배가 고프다. 우리가 점심을 거른 거를 기억해내고, 다시 옷을 입고 나왔다. 날씨가 쌀쌀하다.

결혼기념일 다이닝과 시내 산책

결혼기념일 다이닝을 위해 호텔 바로 앞의 [발리저카네](Walliserkanne) 레스토랑으로 갔다. 이 근처에서 가장 좋은 음식점으로 보인다. 야외 좌석에 앉았더니 조금 춥다. 몸을 비비고 어깨에 힘을 주니 좀 나아졌다. 값이 제법 나가는 음식으로 나는 블랙앵거스등심 스테이크, 아내는 송아지등심 스테이크를 시켰다. 술 대신 콜라로 축하 건배를 했다. 스테이크 맛이 좋아서 즐겁게 다이닝 시간을 가질 수 있었다. 식탁 서비스를 하는 중년의 아저씨에게 사진을 찍어달라고 부탁했다. 사진이 잘 나왔다. 나이 지긋한 부부가 사진 속에서 웃고 있다. 여행 중 다소 조촐한 기념일을 이렇게 기억에 남겼다. 함께 보낸 지난 세월이 우리가 받는 훈장이다. 그리고 앞으로의 세월이 우리에게 주어지는 포상이다.

음식값으로 119.5스위스프랑 또는 165달러라고 쓰여있다. 팁을 포함해 125프랑을 주고 나왔다. 적은 팁임에도 불구하고 좋아라고 한다. 20프로 정도의 팁을 줘야 하는 미국에 비하면 아깝지 않다. 그래도 스위스 물가가 비싸다는 생각을 하게 된다.

저녁을 맛있게 먹고, 체르마트 시내 산책을 시작했다. 이쁜 동네다. 청정지역이란 게 더 매력적이다. 일반인 자동차가 들어오지 못하며, 내연기관 차가 없는 곳이다. 관광지 특유의 설렘이 묻어나는 마을이다. 높은 산악 지형에 갇혀 있어서 아늑하고 고립된 별세계 같다. 관광

[그림 16-6] <구름에 가려진 마터호른> 마터호른의 꼭대기는 거의 항상 구름에 가려져 있다.

객만의 세상이다. 독특한 상황이 조성된 셈이다. 관광객이 주인이 되는 도시다.

마터호른이 잘 보이는 마을 위쪽으로 아내를 이끌었다. 체르마트 중심 교회인 세인트모리셔스성당(Pfarrkirche St. Mauritius)의 앞 공터 위쪽에 벤치가 있다. 마터호른 뷰 포인트다.

멀리 보이는 마터호른이 구름에 쌓여있다. 아내가 마터호른을 만났다. 즐거워한다. 계속 앉아서 지켜보다가 구름이 걷히는 순간 아내가 재빠르게 사진을 찍었다. 약간 늦었지만 그래도 잘 포착했다. 내가 지난번에 왔을 때는 이 자리에 한 시간 정도 서서 여러 사진을 찍어댔었다. 오늘은 아내가 그런 즐거움을 맛보고 있다. 아쉽게도 그때보다 시야가 좋지 않다. 내일을 기약하고 일어났다.

　마을 뒤쪽으로 갔다. 산에서 쏟아 내리는 냇물이 엄청나다. 폭포수 같다. 소리가 요란하다. 어느 지점에선 소용돌이도 크게 몰아친다. 물의 나라, 스위스다. 마을 구석구석을 한 바퀴 돌았다. 옛 통나무집이 모여있는 좁은 길목의 거리를 발견했다. 이쁘다. 작은 2층 규모의 싱글하우스들인데 모두 이쁜 꽃으로 장식했다. 알핀로제라는 꽃이란다. 아내가 이 꽃이 예쁘다고 사진을 계속 찍는다. 내가 보기에도 이쁜 꽃이다. 장미과에 속하지 않는 듯한데 붉은 장미와 유사해서 그렇게 명명한 것 같다. 지붕은 모두 전통 너와지붕으로 되어있다. 이 산악지방에서 표준이 되었던 전통지붕인 거 같다. 전체적으로 스위스 산악지방의 대표가 되는 모습이 아닌가 싶다. 이 골목에서 여러 장의 사진과

[그림 16-7] <체르마트의 전통가옥>

동영상을 찍었다.

 내가 으슬으슬 추워져서 산책을 멈추고 호텔로 돌아왔다. 한 시간 정도를 산책했다. 초저녁 8시부터 심하게 앓았다. 아내가 케모마일 차를 타줬는데 아주 좋았다. 한잔 더 타 달라고 해서 마시고 쓰러졌다. 그러나 잠을 잘 수가 없다. 기침과 오한으로 거의 깨어있다시피 하며 고생했다. 오늘 무리하게 뛰어다니고 점심도 못 먹고 비 맞으며 돌아다닌 후유증이다. 오늘 아침의 취약한 몸 상태에서 무리한 행보가 더 해졌으니 이럴 수밖에 없다. 아파서 힘들었다. 이런 시행착오도 여행의 한 부분이다. 그런 거를 우리는 안다. 즐거운 하루였지 않은가.

 늦은 밤이 되어서야 겨우 잠들었다. 한숨 자고 나서 열이 가라앉았다. 부대낌이 없어졌고, 약간 개운해졌다. 머리도 아팠으나 이제 덜 아프다. 몸을 뒤척이다가 저널을 쓰기로 했다. 쓰다 보니 밤을 거의 다 샜다. 벌써 다섯시다. 어서 자야 한다. 다행히 기침이 잦아들어 살만해졌다. 즐겁고 재밌었지만, 되게 고생한 하루였다.

오늘의 걷기: 11,128 걸음

17

고르너그라트와 마터호른,
그리고 하이킹
(7월 13일)

날씨가 흐리다. 마터호른이 전혀 보이지 않는다. 조식당에 사람이 많다. 흐린 날씨에도 어딘가 부지런히 가봐야 하는가 보다. 메뉴가 그린델발트의 알펜호프 호텔보다 더 다양하다. 입맛이 없어서 대충 먹고, 방에 돌아와서 아내에게 캐모마일을 부탁해서 마셨다. 좀 낫다.

고르너그라트 산행

우리에게 두 개의 가능한 선택이 있었다. 마터호른 글레이시어 파라다이스라는 케이블카 여행과 고르너그라트 전망대에 가는 산악열차 여행이다. 그중에서 전망대를 가기로 하고, 호텔을 나서니 비가 온다. 춥고 으스스하다. 얼른 다시 들어가 옷을 껴입고 나왔다.

12시 24분에 고르너그라트행 산악열차를 탔다. 끼익 끼익 요란한 소리가 말해주듯이 가파르게 올라간다. 일순간에 고지대로 올라왔다.

[그림 17-1] <산 중턱에 걸쳐진 터널> 터널 끝이 짙은 안개에 파묻혀 있어 어디로 향하는지 보이지 않는다.

리펠알프(Riffelalp)라는 정류장을 지나니 긴 통로로 된 가건물 터널이 가파른 경사의 산허리에서 산마루까지 올라가는 임시다리 형태로 달랑달랑 붙어있는 게 보인다. 저곳으로 우리 열차가 들어가는 것이다. 터널 넘어 끝이 하늘에 맞닿아 있고 구름에 묻혀있다. 터널을 통과하여 낭떠러지로 툭 떨어지거나 하늘로 휙 날아가 버리는 시나리오가 머릿속에 그려졌다. 불확실성의 두려움이 일순 나를 덮친다.

다행히 와본 적이 있는 곳이다. 문제가 있을 수 없다. 불확실성이 내 이성적 사고에 밀려났다. 곧 태연함을 회복하고 그 안으로 들어가기 직전까지 사진을 찍었다. 가건물 터널에 들어서니 간간이 밖이 보인다. 기차가 가파른 경사를 털털거리며 올라가는데, 이 터널 안이 오히려 안전하게 느껴진다.

내 상황이 달라지면 해석도 달라지는 것이다. 터널 끝이 구름에 묻히지 않았다면 두려운 마음이 없었을 게다. 이전에 왔다는 사실의 기억이 불확실성의 두려움을 제거해줬다. 막상 터널 안에서는 안전함을 느낀다. 이 모든 것들이 내가 서 있는 지점에 의해 달라지는 인지된 현상(perceived phenomena)에 반응하는 감정이다.

높은 지대로 올라오니 구름이 없다. 구름을 통과한 것이다. 마음이 안정되었고 주위 경관이 더 들어왔다. 시원하다. 생각했던 것보다도 더 오래 높이 올라간다. 여러 정류장을 연이어 거쳐서 고르너그라트 전망대에 도착했다. 전망대는 3,135m 높이에 있다. 쉴트호른보다도 높다. 약간 울렁증이 온다. 아내도 그렇다고 한다. 기차가 급히 수직으로 높이 올라와서 그렇다.

탁 트인 전망이 눈앞에 펼쳐져 있다. 아래에서 보이지 않던 산 뒤쪽의 설산들이 웅장하다. 사방에 빙하와 눈덮힌 고산들이 있다. 건너편에 구름에 반쯤 가려진 마터호른이 보인다. 모든 산이 다 멋지다. 게다가 완만하게 펼쳐진 이 산의 구릉들이 친근함을 준다. 이런 고산에 낮은 경사의 구릉이 펼쳐져 있다니, 이 또한 장관이라 하지 않을 수 없다.

이 모든 자연의 선물을 받아들이고 한껏 숨을 들이켰다. 가슴이 열린다. 감기 기운에 띵하고 뿌옇던 머릿속이 청량한 공기로 채워져 맑아졌다. 아내와 서로 정상에 선 기분을 나누며, 멋진 사진과 동영상을 각자 그리고 함께 찍었다. 그녀가 신나 보인다. 어제부터 춥고 으스스한 날씨여서 별다른 기대를 하지 않았던 모양이다. 올라와 보니 다르다. 맑은 하늘과 따뜻한 햇살, 그리고 사방의 아름다운 경치가 우리의 마음을 즐겁게 해준다.

[그림 17-2] <전망대 근처의 높은 산과 빙하>

　배가 고파졌다. 점심 식사를 위해 전망대 레스토랑에 갔는데 주문형 뷔페 방식이다. 아내는 스파게티와 라따뚜이, 나는 라따뚜이를 곁들여 주는 치킨꼬치스페셜을 시켰다. 스위스에 온 중에 가장 입맛에 맞는 점심이었다. 어제저녁의 다이닝에 버금가는 만족스러운 식사를 했다. 아내도 같은 의견이다.

　밥을 먹고 기운 차려서 전망대 위쪽으로 걸어 올라갔다. 산 정상을 넘어 뒤편으로 난 길을 따라 가보니 다른 경치가 들어온다. 서 있는 장소에 따라 산의 풍경도 달라진다. 정상 뒤편 산책을 마치고 내려올 때, 하트모양의 사진 스폿에서 한국인 모녀가 우리에게 서로 사진을 찍어주자고 제안한다. 마터호른을 하트모양에 집어넣고 사진을 잘 찍어주었다. 친구 같은 모녀. 보기에 좋다.
　여기는 한국인이 많고 인도사람이 적다. 중국인도 많지 않다. 다수가 유럽계 서양인이다. 특이하게 일본사람이 꽤 눈에 띈다. 일본인 관광객이 다른 데 보다 왜 많을까? 이곳의 조용함이 그들에게 더 맞아서? 우연히 또는 어떤 연유로 체르마트 여행 붐이라도 일었다가 그 여파로 지금까지? 자매결연 때문에 많이 알려져서? 그 어느 것이거나 모두일 수 있겠다.

어제 시내 산책 중에 체르마트가 교토, 미오코, 후지가와구치코 등의 도시와 자매결연을 맺었다고 하는 표지석을 미니공원에서 보았다. 일본과의 인연이 넓고 오래되었다. 스위스 다른 지역보다 일본 관광객이 더 많이 찾아오는 게 이해된다. 그리고 자세히 보면 일본인 관광객의 표정과 제스처에 편안함이나 자신감이 묻어있다. 여긴 우리가 잘 아는, '관계의 역사'가 있다고 말하는 표정이다. 어제 기념품점 여직원도 일본계 바이링구얼이었다. 드문 일이다. 파리 백화점이나 그 외 관광객 상대의 매장에 한국계 또는 중국계 바이링구얼이 많은 것에 비견할 수 있다. 이런 생각으로 다시 돌아보니, 여기저기 일본인 관광객이 더 많이 눈에 띈다.

하이킹을 하다
2시42분 하행열차를 타고서 첫 정류장인 로텐보덴(Rotenboden)에서 내렸다. 하이킹을 하기 위해서다. 다음 정류장인 리펠베르크(Riffelberg)까지 걸어서 내려갈 예정이다. 지금부터 고르너그라트산을 체험하며 자연과 교감을 나눌 시간이다. 고르너그라트가 있는 산의 이름이 있을 텐데 잘 모르겠다. 일단 고르너그라트산이라고 불러야겠다.

고르너그라트 하이킹은 단연 최고의 경험이었다. 고산지대의 완만한 구릉이 만드는 친근함과 안도감, 주변을 병풍처럼 둘러싼 눈덮힌 더 높은 산들이 뿜어내는 웅장함, 멀리서 의연하게 홀로 서 있는 마터호른의 고고함 등이 어우러져 있다. 구릉을 타고 내려오면서 만나는 여러 형태의 바위와 풀들이 즐거움을 더해준다. 위치에 따라 변하는 주변 고산들의 정경이 신기하고 신비롭다. 능선 너머로 나타나는 새로운 산을 보면 즐겁다. 산자락을 내려오면서 만나는 작은 호수들도 이쁘다. 지상과 다른 맑고 깨끗한 날씨가 우리의 마음을 한껏 즐겁게 해주었다.

이미 멋진 경치가 더 멋져질 때면 그냥 지나칠 수 없어서 사진과 동영상을 또 찍게 된다. 여러 예쁜 사진 스폿을 찾아서 아내를 찍어주는 게 즐겁다. 아내도 내게 자꾸 서보라고 한다. 즐거움의 원천이 같다. 그리고 길게 찍으면 그만 찍으라고 하면서, 본인은 상대를 더 오래 찍고 싶어서 안달 난다. 나도, 아내도 둘 다 그렇다.

내 여행의 최고의 즐거움은 아내와 함께하는 것이다. 혼자서 하는 여행과 동반 여행의 차이는 기억의 차이다. 혼자서 할 땐 모든 기억이 내 안에만 남는다. 비밀스러운 즐거움, 독자 소유의 즐거움이다. 그리고 대부분 곧 잊혀진다. 함께 할 땐 모든 기억이 공유된다. 기억을 공

[그림 17-3] <고르너그라트 하이킹> 바로 눈앞 왼쪽에 마터호른이 있다.

유하는 사람이 소중한 사람이라면 공유기억의 값어치는 그만큼 커진다. 그러니 소중하고 아끼는 사람과 공유하는 여행의 기억은 함께한 인생만큼 중요하다. 이제 나이 들어서 세상을 새롭게 바라보니, 공유기억이 더더욱 소중하게 여겨진다.

고르너그라트 하이킹을 마치고 리펠베르크에서 하행열차를 탔다. 100분간의 산행이 우리를 힐링해줬다. 즐거웠다. 베풀어준 대자연이 한없이 고맙다. 내려오는 열차가 마지막 중간정류장인 핀델바흐(Findelbach)를 거쳐 체르마트에 접근하는 중에 마터호른이 제 모습을 드러냈다. 이제야 구름옷을 벗었다. 모두 일어나 황급히 차창 밖으로 사진을 찍는다. 나도 동참하여 몇 장 찍었다. 지친 몸으로 호텔에 돌아오니 우리 방의 모퉁이 창으로 마터호른이 보인다. 아까보다 더 완전한 모습이다. 아내가 즐거워하며 사진과 동영상을 찍는다. 재밌는 일이다. 지상에 내려오니 마터호른이 더 잘 보인다는 게 그렇다. 우리 방에서 보는 마터호른이 지금껏 가장 완벽한 모습이다. 그래도 다행이다. 이번 체르마트 여행의 화룡점정이 이뤄졌다.

이렇게 해서, 보고 경험하는 체르마트 여행이 끝났다. 마터호른 글레이시어 파라다이스 전망대를 못 가봐서 아쉽지만, 이대로 충분하다. 혹여 날씨가 개면 내일 오전에 짐을 맡기고 빨리 다녀오는 것도 시도해볼 만하지만, 무리하지 않기로 했다. 긴 여행에서 이루지 못한 어느 부분은 남겨져야 하기 때문이다. 그 대신 아내와의 공유기억을 잘 담아 두었다.

오늘의 걷기: 11,998 걸음

18

제날

체르마트에서 레만호의
휴양도시 몽트뢰로
(7월 14일)

어제 무리하지 않은 탓에 체력이 아껴졌다. 힐링의 산행도 몸을 추스르게 해주었다. 오늘은 몽트뢰로 이동한다. 스위스 여행의 마지막 거점이다. 산이 아닌 평지에서 휴양하는 여행이므로 체력이 더 보충될 것이다.

아침 여섯시. 호텔 창문으로 여명의 마터호른이 들어온다. 산 중턱과 정상에 구름 한 점 없이 완전한 모습이다. 붉은빛이 감도는 마터호른 정상이 신비롭고 영롱하다. 신령이 깃든듯하다. 명산이다. 아침 햇살이 강해지며 시시각각 변하며 붉게 타오르는 마터호른을 보았다. 아쉬운 마음도 있다. 오늘 산에 올라가면 멋진 마터호른을 볼 수 있을 텐데, 우리는 미련 없이 떠나기로 했다. 미련이 좀 생기지만 흔들리지 말아야 한다.

[그림 18-1] <호텔 방에서 본 여명의 마터호른>

체르마트에서 11시13분에 출발하는 피스프(Visp)행 기차를 탔다. 체르마트에서 피스프까지 구간에서 기차는 한 시간 동안 엄청난 급경사를 내려간다. 올라올 때는 크게 의식하지 못했는데, 이제야 보니 속도와 경사를 줄이기 위해 구불구불하게 철로를 깔았다. 터널도 많다. 열차는 브레이크를 심하게 걸어선지 끼익거리는 소리를 내며 굼벵이처럼 느리게 가고 있다. 철도의 기관장치부터 마모방지 부품까지 특수 기술이 필요할 것이다. 터널 공법은 피요르드에 의해 급경사의 산이 많은 노르웨이에서 잘 발달 되었다. 그 산을 모두 뚫어서 도로를 연결해야 하기 때문이다. 이 나라는 기술을 자체 개발했을까, 아니면 노르웨이 등의 나라에서 기술지원을 받았을까 궁금해진다. 스위스인들의 집념에 비춰보면 자체 기술로 만들지 않았을까 싶다. 내가 이곳에서 느낀 스위스 사람들은 철저한 시스템을 만들고자 애쓰며 노동윤리도 강하게 보인다.

체르마트-피스프 간을 운행하는 기차는 마치 산악열차 같았다. 산악국가 스위스의 일면을 보여주는 열차노선이다. 기차 움직임을 담는 3분여짜리 동영상을 찍어보았다. 이 정도 급경사라면 스위스 열차에서도 특별한 정도일 것이다. 해발 1,608미터의 고원도시 체르마트에서 평지로 내려오니 날씨가 다르다. 검색해보니 피스프는 해발고도가 658미터이다. 스위스의 평지가 대략 600여미터인가? 여하튼 산 계곡을 타고 해발고도로 950미터 높이를 순식간에 내려왔다. 기후가 완연히 다르다.

열차가 9분 정도 연착했다. 다른 노선으로 갈아타는 승객들은 피스프역에 내려서 뛰어 달렸다. 역무원은 소리치며 안내해주고, 승객들이 쌩큐 또는 메르시로 답한다. 난장판 같았으나 즐거운 장면이다. (It was hectic, but also fun!) 우리가 타야 하는 몽트뢰행 기차는 3분 정도 남아있다. 빠른 걸음으로 가면 충분하다.

몽트뢰(Montreux)

몽트뢰로 가는 기차는 평온했다. 뒷좌석에 탄 예닐곱 명의 10대 소녀들이 떠들어대는 거 말고는 평화로웠다. 이 아이들이 부드러운 불어로 떠드는 데 나름 시끄럽다. 독일어권 도시에서 불어를 들으니 새로웠다. 아하, 생각해보니 우리가 지금 불어권으로 가고 있다. 그런데 불어로도 이만큼 시끄러울 수 있다니 놀랍다.

차창 밖으로 밭들이 보인다. 심지어 포도밭도 있다. 이 지역이 나름 스위스의 평야지(평원)인 모양이다. 계곡의 평지가 마치 분지 형태처럼 넓게 펼쳐있다. 방향이 동서로 길게 뻗어있어서 햇빛을 많이 받을 수 있다. 농작물이 잘 자라겠다. 임시로 '스위스의 만경평야'로 별칭을 붙여 줘야겠다. 우리나라에서 가장 큰 곡창지대인 만경평야의 이름이 이곳에 잘 어울린다.

몽트뢰에 1시47분에 도착했다. 따뜻하다. 서늘한 체르마트와 아주 다르다. 몽트뢰 재즈페스티벌이 열리고 있다니 일찍 도착해서 다행이다. 이 페스티벌이 6월에 있는 줄은 알았다. 우리 여행 일정과 겹치는 줄은 오늘에야 알았다. 내일이 피날레라고 하니 오늘 저녁에도 공연이 꽤 많을 거다. 기대된다. 음악을 좋아하는 아내는 신이 났다.

오늘 머무는 에어비앤비 숙소에서 겸하는 식당, BAO LAB에서 입소 전에 미리 점심을 먹었다. 아시안 푸드를 퓨전으로 하는 식당이다. 밥을 먹고 숙소로 안내를 받았다. 몽트뢰에서 독립 가구의 숙소를 구하지 못하고, 이 집과 같은 개인실밖에 없었다. 숙소 예약이 쉽지 않았던 이유가 재즈페스티벌 때문이었다. 주방, 세면실, 화장실 등을 공용으로 써야 해서 다소 불편하다. 그래도 경비 절감이 최우선인 젊은이들의 처지를 겪어보는 마음으로 즐겁게 짐을 풀었다. 오랜만에 세탁기를 돌렸다. 속옷 빨래가 급했다. 주인이 알려준 대로 급속 30분 세탁을 마치고, 빨래를 방 안에 여기저기 널었다.

몽트뢰 관광에서 단골 명소라는 시옹성으로 갔다. 스위스 패스를 보여주었더니 공짜란다. 와우, 그거 괜찮다. 서둘러 안으로 들어갔다. 일찍이 사보아 왕국의 궁이었다는 것부터 몇몇 설명 포인트가 있지만 그다지 인상적이지 않다. 성 구석구석을 빠르게 돌아보고 시옹성 관광을 마치고, 곧바로 몽트뢰로 돌아왔다.

버스 201번을 타고 마흐셰(시장) 정류장에 내려서 곧바로 프레디 머큐리 동상으로 갔다. 호숫가에 머큐리 특유의 포즈로 팔을 치켜들고 쭉 뻗은 자세로 있다. 이 동상은 영화 [보헤미안 랩소디] 이후에 더 알려졌다고 한다. 한국에서도 히트 친 영화다. 프레디 머큐리가 여기 오래 살고 작업하면서 세상을 떠날 때까지 있었다니, 도시의 역사가 될

만하다.

내 아내는 프레디 머큐리의 "찐" 팬이다. 그의 노래를 아주 아주 좋아한다. 나도 좋아한다. 그리고 그의 삶이 안타깝다. 그의 예술가적 기질과 굴곡진 인생이 만들어내는 인생 드라마에 가슴이 먹먹하다.

[그림 18-2] <프레디 머큐리의 멋진 공연 자세>

호숫가에 쭉 나있는 거리를 계속 걸었다. 끝도 없이 마켓이 들어서 있다. 온갖 것을 파는 전형적인 시장이다. 잡화류를 파는 가게엔 프레디 머큐리의 초상이 많이 보인다. 길거리에 사람이 많다. 이 모든 이가 페스티벌을 보러온 것만은 아닐 거다. 도시 서쪽으로 계속 걸으면 재즈페스티벌이 열리는 지역이 나온다. 이제부터 먹거리와 음료, 주류 등을 파는 임시가게가 주를 이룬다. 페스티벌 시작 즈음에는 먹고 마시는 사람으로 북적댄다.

재즈 페스티벌

몽트뢰 재즈 페스티벌은 오래전부터 알았으나 이렇게 와볼 기회가 있을 거라곤 생각치 못했다. 매년 6월 말에 하는 거로 알고 있었기에 우리 여행과는 무관할 것으로 여겼다. 뜻밖의 횡재다. 그리고 내일이 마지막 날이란다. 축제 열기가 고조되어 있을 시점이다. 당연히 오늘도 공연이 많다. 그중 무료 행사를 찾아보았다.

오후 다섯시부터 새벽까지 다양한 프로그램이 있다. 우리는 여행 중이니 초저녁에 보기로 했다. 찾아보니 8시 프로그램으로 무료 공연

이 몇 개 있다. 편히 들을 수 있
는 음악으로 우리 눈길을 끄는
신인가수 릴리 무어(Lily Moore) 공
연에 가보기로 했다.

[그림 18-3] <몽트뢰 재즈 페스티벌 주 공
연장>

저녁 시간에 도시 분위기가
들떠 있다. 휴양지 특유의 한가
로운 여유가 페스티벌의 열기

와 어우러져 묘한 파장을 만들고 있다. 석양의 레만호는 그 아름다움
이 압권이다. 석양에 비친 사치스러운 요트가 호수를 더 아름답게 만
들어주고 있다. 호반에는 수많은 다국적 사람들이 레스토랑 테이블에
앉아 식사와 맥주를 즐기며 떠들고 있다. 이 모두가 그림 속의 장면과

[그림 18-4] <몽트뢰의 레만호 정경>

같다.

우리도 저녁을 먹어야 해서 여기저기 기웃거렸다. 축제용으로 임시 가설된 가게들 앞에서 왔다 갔다 고민하다가, 가장 먹기 간편한 비프 샌드위치를 샀다. 아르헨티나 이름을 건 가게에서 샀는데, 맛이 좋다.

곧바로 릴리 무어의 공연장을 찾았다. 호수 바로 옆에 세팅되어 있는데 크게 붐비지 않는다. 검색에서는 인기가 꽤 되는 가수로 나오는데, 아직은 신인이라서 덜 주목을 받는 건지도 모르겠다. 작은 공연장인데 꽉 차지 않았다. 300명 정도 되는 거 같다. 아시안은 우리 부부가 유일하게 보일 만큼, 대부분 유럽계이고 상당 비중의 남미계가 보인다. 인도사람은 한 명도 없다. 중국인, 일본인도 물론 없다. 재즈 또는 밥 딜런 스타일의 팝뮤직이 중심인 축제가 아시안에게는 잘 어필되지 않는가 싶기도 하다. 아니 그럴 리가 없다. 아직 아시아쪽에 홍보가 잘 안되어서 그럴 것이다.

20분 정도 기다려서 공연이 시작되었다. 릴리 무어가 등장해서 처음 듣는 노래를 부른다. 젊은 가수라서 우리가 아는 노래가 없다. 그렇지만 익숙한 스타일의, 맘에 드는 노래들을 신나게 불러준다. 흥이 돋는다. 석양의 햇빛이 우리를 정면으로 마주하고 있어서 힘들었지만, 흥겹게 추임도 하고 손을 높이

[그림 18-5] <릴리 무어>

[그림 18-6] <릴리 무어의 공연장에서>

쳐들고 박수치는 동작도 따라 해보며 함께 즐겼다. 약간 어색하긴 했지만 말이다.

릴리 무어는 정통 영국풍의 가수다. 아델과 같은 느낌의 음색과 창법으로 호소력 있게 노래를 부르는 가수다. 제2의 아델을 기대해본다. 직관 동영상도 찍었다. 공개하지는 않을 것이고 집에서 다시 들어볼 것이다. 아내의 평가에 따르면 노래 실력이 좋다. 아델의 느낌이 강한데 호소력이 있어서 장래가 촉망된다고 말한다. 앞으로 계속 지켜보고 응원해주는 팬이 되기로 했다.

공연 후에 나오면서, 아내가 BTS공연에 비싼 값을 지불하고 가는 이유를 알 것 같다고 한다. 직관의 즐거움이다. 직접 보고 참여하는 즐거움을 이제 우리도 알 것 같다.

호숫가 길을 계속 산책하며 여흥을 즐겼다. 엄청난 인파가 쌍방향으로 걸으며 붐빈다. 피곤이 밀려와 집으로 들어왔다. 숙소 바로 옆 쿠어프(Coop)가 아직 열려 있기에 얼른 물과 수박 한 개를 샀다. 집에 오니 열시가 넘었다. 기대만큼 맛이 있지 않은 수박을 먹으며, 여행 18일 차를 마감했다. 스위스에서 마지막 밤이다.

오늘의 걷기: 12,332 걸음

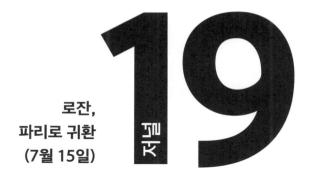

로잔,
파리로 귀환
(7월 15일)

제19장

스위스 여행의 마지막 날이다. 아침에 일어나 몽트뢰 시내와 호숫가 길을 산책했다. 어젯밤의 열기가 남아있는 거리를 천천히 걸었다. 휴양지답게 고급물품 가게와 젊은이를 위한 가성비 좋은 물건을 파는 가게가 뒤섞여 있다. 옛날식 바버샵과 마사지샵이 인상적이다. 모두 투명하게 안이 들여다보이는 전통식 샵이다.

뉴욕에 민족적 정체성이 강한 몇몇 커뮤니티에서 주민들이 이용하는 바버샵이 떠올랐다. 아내에게 그런 장소에서 벌어질 만한, 영화 [대부]에서와 같은 씬을 만들어 연기했더니 웃는다. 터무니 없었겠지만 나름 재밌어한다. "어휴 무서워"하고 반응해준다.

30여분 산책 후 숙소 근처에 돌아와서 아침식사를 했다. 역 앞의 브라세리에서 파니니와 크로아상, 그리고 커피 두 잔을 시켰다. 길거리쪽 야외테이블에 앉아 이 도시의 공기를 들이마시면서 아침을 먹었다. 이미 프랑스 스타일의 조찬을 시행하고 있다. 잘 잔 탓인지 컨디션도 좋다.

이제 스위스를 떠날 시간이다. 공용시설이 많은 에어비앤비여서 체크아웃에 더 신경을 썼다. 우리의 흔적을 남기지 않으려고 뒷마무리 청소를 확실히 하고 나왔다.

몽트뢰에서 11시48분 출발의 로잔행 기차를 탔다. 스위스 패스가 어젯밤에 종료되었기에 일회용 표를 사야 했다. 30분거리 밖에 안되는데 13유로씩이나 한다. 오늘 일정은 로잔에서 점심을 먹고 관광 후에 저녁때 떼제베를 타고 파리에 돌아가는 것이다.

로잔

로잔에 도착해서 역사 내 락카에 짐을 맡겼다. 락카가 구석진 곳에 있어서 찾아가는데 고생했다. 맙소사, 동전으로 9스위스프랑이 필요하다. 로잔역 내 은행(CFF Bank)에서 동전교환서비스를 받았다. 담당자가 느리적거려서 20분이나 걸렸다. 락카 앞에 남아있는 아내가 걱정할까 봐서 문자를 보내고서 한참을 기다렸다. 우리나라 은행 창구직원들의 빠른 업무처리가 그립다. 우리나라 근로자들이 감탄스러울 정도로 재빠르게 일처리를 하는데도 간혹 짜증을 내는 사람이 있는데, 세상 물정을 모르는 사람이다. 지구상에 우리나라만큼 빠르게 일처리를 하는 나라가 어디 있단 말인가.

로잔에 머물 시간이 유동적이었기 때문에 우리는 세부적으로 이 도시 관광 계획을 세우지 않았다. 그런데 지금 4시간이나 남았다. 뭔가 계획을 세우기 위해 역 앞의 맥도널드에 들어갔다. 문득 아내가 "출국 때도 맥도널드네"하고 말한다. 그러고 보니 그렇다. 스위스 입국 때도 바젤역에서 맥도널드로 점심을 먹었다. 레스토랑 음식 맛이 그저 그런 편이고 가격은 비싼 이 나라에서 맥도널드는 꽤 인기가 좋은 식당이다. 우리가 자주 찾듯이 말이다.

검색해보니 가볼 만한 데가 호숫가 부두, 구시가지, 로잔대성당 등으로 간단했다. 우선 레만호의 부두를 향했다. 도시 아래쪽으로 15분 정도 걸었다. 놀라울 정도로 한적하다. 몽트뢰와 대비된다. 여행객이 거의 없고 현지인 중심으로 보인다. 집들도 특징이 없지만 깨끗하고 넓은 공간감을 주며 큰 길가에 들어서 있다. 여행하기엔 특별할 게 없고, 살기엔 좋은 도시이다. 로잔에 대한 내 인상이 그러하다.

부두에 다다랐다. 우시(Ouchy)라는 지역에 있다. 이쁘게 잘 조성되어

[그림 19-1] <로잔의 우시 부두 풍경>

있다. 지역 건물들과 공원의 조형물이 레만호와 잘 어울린다. 사진 찍기 좋은 장소다. 호숫가에 늘어서 있는 요트가 우리 사진의 좋은 배경이 되어 주었다. 이태리 북서부 제노아 항구의 전경과 비슷하다. 바다와 호수의 차이를 빼고는 모든 것이 매우 유사하다. 조용한 듯 화려하고 고급스럽다.

우시 부두에서 대성당을 가기 위해 지하철 라인 M2를 탔다. 스위스 패스의 기간 만료로 지하철 티켓도 새로 끊었다. 살짝 약이 오르지만 어쩔 수 없다. 어느 도시에 가더라도 대성당을 방문하는 게 우리 부부의 주요 이벤트이므로 어쨌든 가봤다. 생각보다 수수한 성당이다. 채플이 따로 없는 것을 보면, 이제는 가톨릭교회가 아닌 것 같다. 여긴 스위스니까. 한편 로잔이 유구한 역사를 가진 도시가 아니니 대성당이 이 정도 규모가 아닌가 싶기도 하다. 구시가지 관광은 생략하였다. 로잔역으로 돌아올 때도 지하철 티켓을 샀다. 비싸진 않다. 로잔 관광은 이렇게 마쳤다. 아 참, 이 도시에 IOC 본부가 있어서 잘 알려졌다. 도시를 돌아보며 그 자부심을 볼 수 있었다.

아침에 나서며 5천보 미만을 걸으리라고 예측했는데 벌써 1만보를 넘겼다. 예측한 대로 되지 않는 게 여행과 인생이다. 로잔역에 돌아왔을 때 다소 피로를 느꼈다. 기다리던 떼제베(TGV Lylia)에 몸을 실고, 연이어 펼쳐지는 스위스-프랑스의 평원을 달려 3시간 41분 만에 파리 리옹역에 도착했다. 저녁 8시 리옹역은 북적거린다. 스위스 여행이 끝났다.

오늘의 걷기: 14,386 걸음

9일간의 걷기 총계: 108,410 걸음

스위스에 대하여

스위스를 종합해서 이거저거 느낀 바대로 적어보았다.

자연이 웅장하고 멋지다. 대자연의 아름다움을 체감하게 되는 곳이다.
산과 어우러진 청정한 호수의 나라이다. 물의 나라, 수자원 1위의 국가다.

인간이 보고 즐기기엔 좋고, 적응하며 살기엔 힘들다. 노력해야 한다. 날씨
변동이 심하다. 몸이 견뎌내야 한다.
음식 맛이 없다. 음식 종류가 빈약하고 식문화가 잘 발달되지 않았다. 특히
야채가 맛이 없다.

친절하다. 도회적 세련됨이 부족하다. 국민소득이 세계 최고 수준이라는 게
실감이 나지 않는다. 검소하고 실용적이다.

시스템이 잘 정착되어 있어서 편리하다. 사회제도의 신뢰성이 높은 나라다.
외국인에게 친절하다. 이웃나라에 비해서 안전하게 느껴진다.
다(多)언어권이다. 작지만 다양함이 있다. 서쪽 불어권의 문화가 나머지 스
위스와 대비된다.

청정국가다. 인류(지구)가 위기에 처하면 사람들이 몰려들 곳이다.

스위스 여행 일지

7/7(금) 파리 리옹역 출발(07:22am), 바젤(Basel) 도착(10:26am)

  점심/오후: 바젤 관광, 바젤 출발(3:03pm)

  오후: 루체른(Lucern) 도착(4:05pm), (에어비앤비 Winkelried Strasse 2박)

  시내 산책과 야경

7/8(토) 오전/오후: 리기산, 하이킹, 루체른 산책

7/9(일) 오전: 베른

  오후: 그린델발트 도착(5:00pm), (호텔 알펜호프 3박)

7/10(월) 오전 휴식

  오후: 비르크(Birg), 실트호른, 뮈렌(Mürren)

7/11(화) Day: 아이거프렛처, 융프라우요흐

7/12(수) Day: 인터라켄(Interlaken), 슈피츠(Spitz), 툰(Thun)호수

  오후: 체르마트(Zermart) 도착(3pm), (호텔 가르니 테스타 그리기아 2박)

  저녁: 다이닝과 시내 관광

7/13(목) 고르너그라트 전망대, 하이킹

7/14(금) 체르마트 출발, 몽트뢰(Montreux) (에어비앤비 Montreux Centre 1박)

  오후: 시옹성 관광, 레만호 산책

  저녁: 재즈 페스티벌

7/15(토) 오전: 레만호반, 몽트뢰 시내 산책

  점심/오후: 로잔(Lausanne) 관광

  오후: 로잔 출발(4:23pm), 파리 리옹역 도착(8:04pm)

스위스 여행 경로

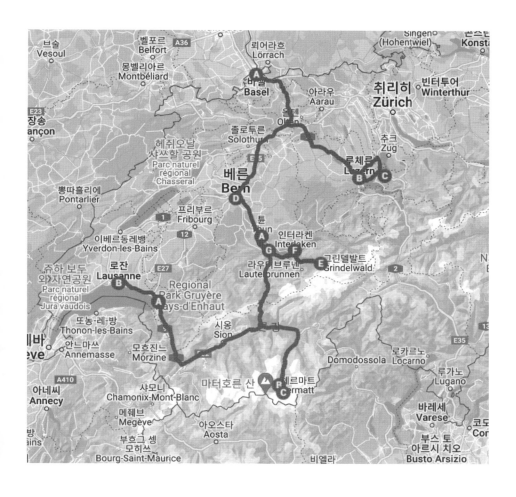

며칠간 계속 꿈을 꿨다. 아이슬란드인 듯, 모르는 세상인 듯한 낯선
해안가를 걷기도 하고, 프랑스 어느 이름 모를 사원(성당)에 앉아있기도
한다. 알프스 어느 산자락을 무작정 걷고 있는 내가 보이기도 한다.

시간이 주름진 것 같다. 두 달 전 집에서의 생활방식이 잘 기억나지
않는다. 커피 끓이는 도구도 생소하다. 면도기를 어디에 두던지 생각
나지 않는다. 아내도 마찬가지다. 심지어 냄비가 어디에 있는지 생각
나지 않는다고 한다. 희한한 경험이다. 우리는 둘 다 일시 홈리스가 되
었다. 여행의 몰입이 익숙한 것들을 잊게 했다.

어느 순간 일부 기억이 돌아오더니, 서서히 연쇄적으로 모든 집기
와 옷가지들의 위치가 떠올랐다. 어디에 어떤 겉옷이 있는지, 어디에
양말이 있는지도 알게 되었다. 내 집의 익숙함이 돌아왔다. 현실이 기
억의 장소에 자리를 잡았다. 이로써 여행의 여행에서 내려왔다. 현실
로 돌아온 것이다.

아래 내용은 내가 여행을 떠나기 전에 기록해놓은 것이다.

여행의 목적
-비우고 채우는 여행
-퇴임 후 일상으로부터 탈출

내가 이번 여행에서,
비우고 버릴 것: 아이들과의 갈등과 걱정, 아내와의 남은 거리,
나에 대한 성취와 인정의 갈망, 그리고 삶에 대한 습관적 의미
부여
채울 것: 즐거움, 사랑, 단순함, 자유로움, 그리고 에너지와 의지력

나에게 여행이란 전환점이다. 새로운 기점이다. 보고 듣고 느끼
고, 그리고 즐기는 것이다. 단순함을 찾는 것이다. 호기심을 충족
하는 것이다. 역사, 문물, 인간, 자연에 대한 호기심을 채우는 것
이 여행의 목적이다. 여행의 바쁜 일정이 곧 내게는 휴식이다.
휴양지에서 쉬는 것은 내겐 여행이 아니다. 호기심을 채우고 만
족하며 새 삶의 끈을 다시 매는 것이 나에게 여행의 목적이자
가치이다.

이번 여행을 통해 새로운 길을 가자.

나는 얼마나 변했는가?

희로애락의 순환에 인생이 있다. 우리는 기뻐하고 슬퍼하고 분노하
고 행복해 한다. 나의 인생은 더 그러하였다. 돌아보니 희로애락이 너
무 컸다. 휘둘렸고 아팠고 허망했다. 기뻤고 즐거웠고 보람이 있었고

자랑스러웠다. 다시 아팠고 쓰러졌다. 이에서 해방되기 어렵다. 죽기 전까지 우리는 희로애락 속에 산다. 단지 엷어질 따름이다. 초연함의 슬픔이다.

여행은 이를 이겨내는 길이다. 자연과 교감하고, 경외하고, 그리고 그 생명의 힘을 내게 받아들인다. 역사를 마주하고 세상을 다시 보게 된다. 그리고 나의 인식의 세계를 확장한다. 그리고 나를 다시 규정한다. 지금 내가 서서 있는 곳을 자각하고, 새로운 길로 나아간다. 다시 출발하는 것이다.

귀국 후에 한 달 동안 여행 앓이를 했다. 내 생애 가장 강렬한 여행을 한 후유증이다. 많은 여행을 다녔지만 이처럼 밀도 있게 여행을 다닌 적이 없다.

이번 여행의 저널은 기록에 충실한 자기고백서 형식이다. 보고 느낀 대로 가감이 없이 쓰고자 애썼다. 여러 이유로 민감한(keen) 상태가 된 최근의 내 자신을 그대로 열어두었다. 그러다 보니 많은 생각이 일었고 많은 현상이 보였다. 내 과거의 경험과 인식이 호출되었다. 그리고 과거의 나와 현재의 내가 서로 대화하고 미래의 나를 찾아보는 시간 여행을 했다. 동시에 내가 집착하고 있는 모든 것으로부터 자유를 얻는 시간이었다.